ISBN: 978-2-487-898011

Éditions Élysande
Direction éditoriale: Nicolas Sansonnet
Remerciements à Ludivine Delbrel pour sa contribution
Maquette: Marie Anne Zoé Abt (EI)
Éditions et Productions Élysande SAS
1, rue de Stockholm
75008 Paris

sex.com

Gérald Sibleyras

À l'aube des années 2000, en Californie, le lancement du site Internet sex.com a fait l'objet d'une lutte acharnée entre deux hommes que tout opposait. C'est le point de départ de ce roman, adaptation libre inspirée de faits réels.

PREMIÈRE PARTIE

1.
1994

Gary Katz est un homme d'affaires accompli. Son diplôme en poche de la prestigieuse université de Stanford, il a épousé, sans rien connaître de la vie, une jeune femme qui lui ressemble. Il est aujourd'hui père de deux bambins blonds et bruyants. Ils habitent une villa de 180 mètres carrés que leurs amis regardent avec envie, à Brentwood, un quartier résidentiel à l'ouest de Los Angeles. Derrière la maison, dans le *backyard*, Gary a installé un panier de basket. Il a hâte que son fils soit plus grand pour faire des un-contre-un avec lui. Des magnets collectionnés dans les paquets de Corn Flakes recouvrent le réfrigérateur, des dessins abscons sont scotchés sur les murs de la cuisine, et la vie est rythmée comme une longue journée d'école. Devant la propriété, un parterre de pelouse descend jusqu'aux plaques de béton légèrement disjointes du trottoir d'une rue large et calme, bordée de majestueux platanes. Elle débouche 200 mètres plus loin sur San Vicente Boulevard, une des artères principales de la ville. Tout n'est qu'ordre et volupté, comme dans le premier épisode d'une série américaine. Gary Katz est membre du Hillcrest Country Club où il joue au golf et au tennis avec ses associés et ses clients qui sont, pour certains, devenus des amis. Tout chez lui respire la fortune financière, les millions rapidement amassés et une respectabilité encore toute fraîche. Il s'attache néanmoins à rester simple et décontracté. Il aime les chemises à manches courtes et, le week-end, il porte un polo Lacoste rose ou mauve, pieds nus dans ses mocassins en daim marron clair. Il n'hésite jamais à boire un coup avec les employés du club, plaisante avec le portier qu'il appelle par son prénom et auquel il demande des nouvelles de ses enfants. Il croise parfois sa plus grande fille, Cynthia.

Dès qu'il s'agit de business, le père de famille aimant se transforme en un redoutable *tycoon*. La finance, l'immobilier, la spéculation, rien ne lui échappe. Ce jour-là, quand il arrive au seizième étage de la tour qui abrite sa société d'investissement, la Magnus Finance Corp., il apprend que sa secrétaire est malade. Gary n'aime pas les gens qui tombent malades. Ça fait la deuxième fois cette année. Il croise Jim, son associé, et se plaint, mais Jim se fout des problèmes d'intendance. Il est un peu gras, plutôt disgracieux, et Gary lui reproche — en silence — d'avoir des chemises mal repassées et une cravate nouée de travers ou pas de cravate du tout. Mais Jim est un type intelligent et vif — autant de talents que Gary possède mais en moins dénoués — et son regard perçant fait rapidement oublier son allure. Il y a quelques mois, il a eu une alerte, le cœur, ou les artères, on lui a conseillé de prendre un peu de recul et de changer son régime alimentaire. Il vient quand il veut, participe aux décisions stratégiques, mais reste loin du quotidien de la boîte.

Jim suit Gary jusqu'à son bureau et ça l'agace.

— Tu as besoin de quelque chose ? Tu voulais me voir ?

— J'ai lu un article très intéressant. Internet, ça te dit quelque chose ?

— Oui, bien sûr.

Jim lui fait un exposé rapide de ce que Gary sait déjà : à en croire les experts, une immense toile maillera bientôt la planète, et les informations s'échangeront à la vitesse de la lumière. L'Internet est voué au plus brillant destin. Certains sites à caractères thématiques ont déjà été créés, ils deviendront, à terme, un support publicitaire. Pour avoir accès à ces sites, il faut que l'utilisateur tape une adresse sur son ordinateur. Devant la multiplication des sites, une commission internationale est en train d'établir des processus et des règles pour harmoniser tout ça. Toutes les adresses commenceront par www (comme World Wide Web) et finiront par point com. Mais le plus beau, selon Jim, est ceci : celui qui déposera une adresse — comme on dépose une chanson ou un nom de marque — touchera des royalties à chaque fois que l'adresse sera utilisée, comme un péage sur l'autoroute.

C'est au mot « royalties » que Gary lève le nez.

— Tu déposes une adresse pour cent ou deux cents dollars et tu attends de voir si les gens vont dessus.

— Et le contenu ?
— Le contenu, c'est un autre qui s'en charge. Toi, tu encaisses à chaque fois qu'un type tape ton adresse sur son ordinateur.
— Pour ça, il faut que les gens aient un ordinateur.
— Bientôt, chacun aura le sien. C'est ce que prétendent les fabricants d'ordinateurs en tout cas.
— T'es sûr de ça ?
— Tu me déçois, je pensais que tu allais me sauter au cou.
À cette idée, Gary réprime une moue.
— Et même si je me trompe, je veux bien investir deux cents dollars, même deux mille, conclut Jim avec une nonchalance irritante.

Un investissement minimum et la promesse, même diffuse, d'une fortune en retour. Il faut maintenant trouver des adresses susceptibles d'être largement utilisées dans les années qui viennent. Les deux associés se séparent en se promettant d'y réfléchir, ils échangeront leurs idées pendant le déjeuner.

Le petit Deli, à deux rues du bureau, est tout à fait correct, Gary et Jim y sont reçus en habitués. Comme à chaque fois, Jim commande un club sandwich trop épais dont la mayonnaise coulera entre ses doigts, et ce ne sont pas les petites serviettes rectangulaires en papier lisse du distributeur en inox posé sur la table qui suffiront pour essuyer la graisse sur son menton. Gary commande une salade César avec *blue cheese dressing*. Il n'a qu'une crainte : salir sa chemise ou tacher sa cravate, il la rejette en arrière pour plus de sécurité. Jim a toujours le regard inquiet quand il attend sa commande au restaurant, il n'écarte pas la possibilité que tout le monde soit servi, sauf lui. C'est un bouffeur. Malgré les recommandations et les avertissements des médecins, il n'a pas renoncé à ce qu'il aime : le gras et le sucre. En attendant, ils discutent d'autres choses, des problèmes au bureau, du bilan sur lequel il va bientôt falloir plancher, des résultats qui seront en hausse. Quand la jeune fille, dont le badge accroché au revers de sa blouse nous informe qu'elle s'appelle Linda, apporte les plats, Jim est soulagé. Il attaque son sandwich sans tarder. Il a juste le temps de jeter un coup d'œil à Linda qui s'éloigne, son pantalon moulé rend hommage à son physique avantageux.
— Le cul !

C'est Jim, la bouche pleine, qui vient de prononcer ce mot.

— Quoi, le cul ?

Pendant un instant, Gary — qui évite de regarder la nourriture à peine mâchée qui apparaît par intermittence dans la bouche de Jim — pense qu'il parle de la serveuse.

— Le cul ! C'est ça qui fait vendre, qui va attirer du monde sur les sites.

— Et qu'est-ce que tu mettras sur le site ?

— Du cul, banane ! T'as jamais vu un film porno ?

— Pas vraiment.

— T'as jamais acheté des revues de cul ? Tu me fais marcher.

— Quand j'étais jeune, oui, bien sûr.

— Eh bien bientôt, tu auras des photos et des films de cul chez toi, sur ton ordinateur.

— Tu crois ?

— Bien sûr, tous les pornographes viendront y mettre leurs chefs-d'œuvre.

— Et tu l'appelles comment ton site ? Cul.com ?

— Non. Pas cul.com.

Un silence pendant lequel les bruits de mastication de Jim prennent le dessus. Il a déjà avalé la moitié de son sandwich, Gary n'a pas encore touché sa salade, il a juste prudemment soulevé le couvercle du réceptacle contenant la sauce au bleu puis mélangé avec méthode.

— Si c'est pas cul.com, c'est sexe. Sex.com, dit-il en constatant qu'il n'y a pas que du blanc de poulet dans sa salade, mais aussi des morceaux un peu gluants et noirs.

— www.sex.com ! Ça sonne ! s'exclame Jim juste avant de déglutir une bouchée considérable.

Les meilleures idées sont les plus simples, Gary en convient, ça sonne. Prudent par nature, il ajoute :

— Cette adresse a certainement déjà été déposée, impossible d'imaginer que personne n'y ait pensé avant.

— Y a qu'un seul moyen de le savoir.

— Je m'en charge, répond Gary.

2.
Quelques semaines plus tard

Sur la carte de visite de Stephen Brenner, on peut lire :

Stephen Brenner

Marketing Chief Consultant

C'est le poste qu'il occupe au sein de la CME, la California Magic Entertainment. Ce que la carte ne précise pas, c'est qu'il est le seul employé d'une société dont l'activité est de vendre de la pornographie. Brenner a été condamné, il y a quelques mois, à de la prison avec sursis pour proxénétisme, ce qu'il a toujours nié, sans parvenir à convaincre les juges. Soucieux de rester dans le droit chemin, il a décidé de se lancer dans la production cinématographique. Et il voit grand : il veut produire de vrais grands films pornographiques avec les plus grandes vedettes du moment. Pour se donner les moyens de son ambition, il a commencé par monter une société de production dont il a soigneusement choisi le nom : California Magic Entertainment, puis il a fait imprimer des cartes de visite *Premium Luxe*, 450 grammes, avec effet marbre doré dont il est assez fier.

Stephen n'a jamais mis les pieds dans une université et n'a même jamais songé à le faire. À 21 ans, il a épousé une ex-stripteaseuse de 15 ans son aînée, Josy La Rouge. De vagues origines françaises et de solides convictions gauchistes lui ont valu ce surnom. Josy, ayant des relations dans tous les milieux et plus particulièrement dans l'industrie pornographique, a présenté Brenner aux professionnels les plus renommés de Los Angeles. Il a ainsi eu la chance de tourner quelques films *hard*, en tant qu'acteur. Il les regarde de temps en temps avec nostalgie, comme on regarde des photos de jeunesse.

Le jour où Josy a constaté que son corps était plus présentable vêtu que dévêtu, elle a quitté le métier. Fini le striptease. Certes, elle est restée coquette et combat sans relâche les cruels stigmates du temps en multipliant les séances de pilates, une nouvelle technique de gymnastique encore mal connue. Josy a toujours de l'allure. Dans ses robes moulantes, elle aime se sculpter un décolleté profond comme un gouffre et se perche sans effort sur des escarpins alpestres. Certes, son visage a vieilli plus vite que le reste, le cou montre des signes de renoncement, deux rides discrètes encadrent sa bouche, et un bourrelet encore timide sous le menton trahit un empâtement inexorable, mais rien de tout cela ne parvient à gâcher son sourire resplendissant. Ses belles dents régulièrement blanchies sont comme autant de soleils. Tout devrait aller pour le mieux, mais il n'en est rien : le couple Josy/Stephen bat de l'aile. Stephen a conservé un reste de tendresse pour sa femme, pas de quoi lui être fidèle, mais comme elle l'entretient depuis longtemps, il ne peut s'empêcher de ressentir quelque chose qui ressemble à de la reconnaissance.

Josy a quitté le métier avec un bon paquet de pognon qu'elle a habilement placé. Elle ne manque jamais de regarder les cours de la Bourse dans le journal ou à la télé. En bonne gauchiste révolutionnaire, elle gère parfaitement son petit pécule, tout en affirmant « que le capitalisme est une chiennerie ». Stephen, qui a besoin de fonds pour lancer sa société de production, tente régulièrement de la convaincre d'investir dans la CME. Comme Josy refuse, il menace de la frapper. Et c'est toujours à ce moment-là que la discussion s'envenime.

Stephen supporte mal les quartiers populaires, il a installé son bureau dans un petit studio de Bel Air, au nord-est de Brentwood. Josy a accepté de payer le loyer exorbitant pour les six premiers mois. En prenant le West Sunset Boulevard puis la San Diego Freeway jusqu'à la sortie 55 B, il est à vingt minutes de chez Gary Katz.

Stephen va au bureau tous les matins, comme s'il avait quelque chose à y faire. En ce jour de juin 1994, il a 41 ans et — vautré sur un canapé crasseux qui a dû être de couleur bordeaux au début du siècle — il mange des chips ramollis en guise de petit déjeuner devant l'émission matinale *Today* sur NBC. Un journaliste rigolo et farfelu explique comment fonctionne une toute nouvelle invention : l'Internet. Dorénavant, explique-t-il, il y aura des domaines et des sites. Toutes les adresses commenceront par www et finiront par point com. On peut déposer un nom de domaine comme on dépose une chanson (etc., etc.). Soucieux de faire partager son enthousiasme, il conclut en prédisant un avenir extraordinaire à cette nouvelle technologie. Parmi les invités assis autour de la table basse, certains y croient, d'autres moins. On ironise, on blague, on rit fort, on fait des blagues ; les émissions matinales sont conçues pour « donner la pêche », les protagonistes ne l'ont pas oublié. L'animatrice boit une gorgée de liquide dans son mug *Today NBC* avant de les interrompre avec un air de sincère gravité. Là vraiment, on n'a plus le temps de rigoler, c'est l'heure de la météo.

Au lieu de s'informer sur le temps qu'il va faire en Californie, Stephen réfléchit. Il est sur le point d'avoir la même idée que Jim et Gary.

3.
Trop tard

Il a effectivement eu la même idée, mais trop tard.

Plusieurs semaines auparavant, Gary était allé en personne à la Network Solutions — l'institution auprès de laquelle on enregistre les noms de domaines — pour déposer le nom www.sex.com. En chemin, Gary Katz avait repensé à ce déjeuner au cours duquel Jim avait tartiné sa chemise de mayonnaise, il refaisait la conversation. Certes, Jim lui avait parlé d'Internet, certes, il avait prononcé le mot « cul », mais ça, tout le monde pouvait le faire. En revanche, la beauté, la simplicité, l'épure de *www.sex.com*, c'était lui, son chef-d'œuvre à lui, Gary. Il aurait été absurde et injuste de déposer ce domaine à leurs deux noms. Et Jim va se retirer des affaires, il est déjà dans une sorte de préretraite, a-t-il besoin de se surcharger de travail avec un site porno ? Très mauvais pour le cœur. Jim n'aurait pas été d'accord avec ce raisonnement, mais il était un peu tard pour lui en parler, le temps pressait, quelqu'un pourrait leur voler l'idée. Car *sex.com* n'existait pas encore. C'était un miracle. Gary avait eu la confirmation qu'il était l'unique auteur de ce coup de génie. Il avait hésité un court instant devant le bordereau, puis, en son seul nom, avait déposé le nom de domaine : *sex.com*.

Six semaines plus tard, Stephen emprunte à peu près le même chemin que Gary et pénètre dans un bâtiment tout neuf. L'employée qui le reçoit est une femme de 46 ans, vêtue d'un débardeur moulant qui lui écrase son peu de poitrine. Elle est maigre, et ses épaules décharnées laissent apparaître des clavicules en bois sec. Sa peau, trop exposée à l'ardent soleil californien, est persillée comme un jambon. Sur son bureau, une petite pancarte nous apprend qu'elle s'appelle Nelly Shine. Elle vient d'être embauchée il y a à peine quinze jours.

Stephen s'assied en face de Nelly et dit :

— Alors, Nelly, comment ça va aujourd'hui ?

Nelly le trouve d'emblée séduisant, elle aime ce genre un peu canaille qui regarde droit dans les yeux.

— Je suis venu déposer un nom de domaine, je ne me trompe pas de bureau ? poursuit Stephen.

— Non, c'est bien ici, répond Nelly, en s'assurant que sa mèche colorée auburn est à sa place. Je vais vous donner un formulaire. Quel est le nom du domaine ?

— www.sex.com.

Stephen regarde la bouche de Nelly et sourit d'un air gourmand. Elle est résolument sous le charme.

— Il faut que je vérifie si ce nom a déjà été déposé et ensuite, on peut faire les démarches. Vous m'attendez ?

Elle se lève pour sortir du bureau.

— Je ne bouge pas d'ici, Nelly, et il en profite pour regarder son corps. « Un peu maigre », pense-t-il.

Elle revient avec une mauvaise nouvelle, sex.com a déjà été déposé. « C'est à quelques semaines près », précise Nelly.

Stephen Brenner met du temps à l'admettre, il insiste, s'insurge, demande qu'elle vérifie et revérifie encore avant de finir par comprendre qu'il est arrivé trop tard.

De retour à son bureau, il s'effondre sur son canapé dans un état de dépression lamentable et médite sur son cruel destin. Il avait pourtant tout pour réussir, le physique, l'intelligence, la force de caractère, mais le monde est vraiment contre lui. Pour une fois qu'il avait une bonne idée, il a fallu qu'elle soit volée par un autre. Il se sert un whisky et, comme dans les films, boit cul sec. Il s'en sert un deuxième, qu'il boit plus prudemment. Il pense à Nelly. Pas mal… et manifestement pas insensible à son charme. Il aurait dû l'inviter. Elle peut lui être utile, tout n'est peut-être pas perdu, qui sait ? Brenner, à nouveau conquérant, sort de chez lui après avoir vérifié qu'il lui restait quelques dollars en poche. Il reprend sa voiture et retourne à la Network Solutions. Une fois devant le bureau de Nelly, qui s'apprête à partir déjeuner, il lui dit :

— Nelly, si vous êtes libre et si vous avez faim, je connais les meilleurs hot dogs de la ville.

— C'est mon plat préféré ! répond Nelly qui s'avère être une fine gueule.

Voilà comment Stephen Brenner a pu constater que, pour une maigre, Nelly mangeait beaucoup de pain et de saucisses. Il y a des gens qui ne grossissent jamais.

Nelly est une femme seule. Elle ne rate jamais une occasion de profiter des derniers feux qu'elle peut encore susciter, mais les occasions sont de plus en plus rares. Elle succombe logiquement aux avances de Stephen. Pendant le mois qui va suivre, il la sort, l'emmène à la plage et lui fait l'amour comme personne. Bientôt, Nelly ne pleut plus se passer de lui. Un soir, au cours d'une scène d'une beauté si poignante qu'il serait vain d'essayer de la décrire, Stephen fait à sa maîtresse une atroce confidence : il est marié. Des larmes dans les yeux, il jure à sa maîtresse qu'il est incapable de lui mentir plus longtemps, elle doit comprendre et pardonner. Touchée par la sincérité de son amant, elle comprend et pardonne, ne laissant rien paraître de sa déception. Dans ce climat de mutuelle confiance, Stephen parvient à faire parler Nelly. Il apprend qu'un certain Gary Katz a déposé l'adresse sex.com. Il tente de convaincre Nelly qu'il a eu l'idée avant Gary, que ce dernier lui a volé et a déposé indûment le domaine à son nom. Si on pouvait corriger cela en effaçant le nom de Gary et en mettant le sien à la place, leur bonheur serait parfait. Stephen pourrait gagner des fortunes, divorcer et épouser Nelly.

— Mais c'est illégal. Je risque de perdre mon boulot.

— Ce n'est pas illégal, puisque c'est juste. Puisque sex.com est mon idée ! Et puisque je t'aime.

Un acte illégal peut-il être néanmoins juste ? Dans quelle condition la notion morale prime-t-elle sur celle de légalité ? Voilà un problème philosophique passionnant qui nécessite des armes que ni Stephen, ni Nelly, ni le narrateur ne possèdent. C'est pourquoi Nelly, appliquant le principe de précaution, refuse. Elle ne peut pas se permettre de perdre son travail, elle est chargée de famille.

Une fois par semaine, elle parcourt une centaine de kilomètres en voiture vers le sud, à Temecula, dans la banlieue éloignée de Los Angeles, pour rendre visite à son fils. Bobby, 22 ans, est un grand gaillard hirsute, il vit dans un centre pour handicapés mentaux. Nelly a longtemps attendu pour avoir une place dans ce centre de Temecula, la ville natale de Bobby. La sœur de Nelly y habite et travaille au service comptabilité d'ACE Hardware, une chaîne de magasins de quincaillerie. Elle est veuve, a élevé quatre enfants, dont trois ont déjà quitté la maison familiale. Lorsque Nelly vient voir son Bobby, il se jette sur elle à la façon d'un ours, il l'enlace de toutes ses forces et enfouit son visage dans le cou de sa mère. Il donne l'impression qu'il va la casser en plusieurs morceaux tant il est fort et tant elle est menue. Nelly se laisse faire, il peut bien la casser, elle s'en fiche, elle appartient à ce grand garçon qui articule juste quelques mots : «*mummy, mummy*». Elle lui caresse le dos tendrement en répétant : «Bobby, comment tu vas mon Bobby ?», sans attendre de réponse. Lorsqu'enfin il consent à la relâcher, elle essuie rapidement les larmes qui ne manquent pas à chaque fois de lui remplir le regard, puis elle lui prend la main et ils vont faire un tour dans le parc voisin. Bobby aime bien qu'on fasse toujours exactement la même chose. Après une longue promenade, ils retrouvent Abigail, la sœur de Nelly, et vont manger dans le même restaurant, le même menu, à la même table. Nelly a peu de qualification, mais elle apprend vite, elle a toujours travaillé et ainsi payé régulièrement les frais du centre. Bobby est heureux là-bas, et c'est tout ce qui compte. Ce jour-là, Nelly raconte à sa sœur qu'elle est amoureuse. Elle est embarrassée de jouer les midinettes, elle a passé l'âge, mais elle n'y peut rien, «je l'ai dans la peau». Abigail est heureuse et inquiète à la fois pour sa sœur, Nelly ne fait pas toujours preuve de discernement, elle s'est déjà amourachée d'hommes aux qualités plutôt médiocres, et les déceptions ont été nombreuses.

Les séparations ne sont jamais pénibles. Au fil des années, Bobby a acquis une confiance inaltérable en sa mère, il sait qu'elle reviendra, cette vie durera pour l'éternité.

Stephen n'a pas perdu son temps, il est allé consulter Matt, un avocat qui, bien que rayé du barreau pour crapuleries en tous genres, continue de dispenser ses conseils. Stephen a croisé l'ex-avocat en prison il y a cinq ans. Matt y prenait ses quartiers (condamné pour corruption et faux témoignage) au moment où Stephen allait être libéré. Ils ont tout de même eu le temps de sympathiser. Matt est un homme précis et créatif, jamais à court de solutions. Il vit dans un petit pavillon discret non loin de Disneyland Park. Il a une femme et quatre enfants dont il s'est toujours parfaitement occupé. Son épouse, une femme plantureuse originaire du Bélize, soutient son mari dans la joie comme dans la peine, dans la richesse et dans la pauvreté, pour le meilleur et pour le pire. Voici la solution que Matt préconise : puisque Nelly refuse de mettre son nom à la place de celui de Gary sur le bordereau de déclaration, il lui apportera de faux documents attestant que Gary Katz a cédé les droits de l'adresse *www.sex.com* à la CME. Matt se charge de lui fournir les faux en échange d'une somme substantielle, quoiqu'en dessous du marché, Matt fait toujours une ristourne pour les ex-taulards. Quelques jours plus tard, les faux documents en main, Stephen les apporte à Nelly qui commence par refuser puis, par amour et sous la menace à peine voilée d'une rupture, fait enregistrer ce changement à la Network Solutions. Grâce à cette habile manœuvre, le domaine est désormais au nom de Stephen Brenner. Il n'a pas le temps de se réjouir, car le soir même, Josy, son épouse légitime (qui aura tout de même mis presque un an pour découvrir la liaison adultère de son mari), vient lui demander des comptes. Certes, elle connaît assez les hommes pour ne pas se faire d'illusions sur leur fidélité, mais cette fois, il lui semble que ça a assez duré. Et, comme à son habitude lorsqu'elle demande des explications, elle commence par sortir le cric du coffre de sa voiture pour menacer Stephen de lui fendre son « putain de crâne de petite pourriture en deux s'il continue de lui raconter des bobards ». Avec le sang-froid et le courage propre aux hommes d'expérience, Stephen met les deux genoux à terre et supplie Josy de le croire. Voici en substance ce qu'il lui dit : « Je suis sur un gros coup, Nelly est indispensable pour mener à bien mon opération. Je l'utilise. Elle compte pas pour moi et bientôt, nous serons riches. Je t'en supplie, fais-moi confiance. »

— Riches, comment ? demande l'épouse bafouée.

— Riches comme tu peux pas imaginer, répond le mari volage.

Josy est sur le point de se calmer.

— Et puis tu sais bien que tu seras toujours ma petite pépé, ajoute opportunément Stephen.

« Petite pépé » est un compliment auquel Josy peut être sensible, et il ne l'utilise que dans les cas extrêmes. Pour signifier à son mari contrit que son courroux est altéré, elle abaisse le cric en le menaçant de s'en servir la prochaine fois si jamais il la fait marcher. Stephen lui jure alors une fidélité éternelle. De désespoir plus que de rage, Josy lance le cric à travers la pièce qui pulvérise une lampe au passage, puis elle éclate en sanglots.

4.
1996

La femme de Gary Katz est parfaite en tout. Janet s'occupe magnifiquement de la maison, qu'elle a décorée avec des meubles « faux Louis XV » cérusés, elle connaît le nom des maîtresses de l'école, trouve toujours de bonnes idées pour faire des cadeaux ou pour partir en week-end, elle lit les livres conseillés par son club de lecture, prône la tolérance et l'amour et n'a pas perdu sa capacité d'indignation devant l'injustice. Bref, Janet Katz est la vertu même et par conséquent d'un mortel ennui, car rien n'est plus triste qu'une femme vertueuse. Il serait audacieux d'affirmer que Gary en a conscience, mais au fil des années, une sorte de langueur a fini par l'envahir. La vie sexuelle du couple est à l'image du mobilier. Quand ils sont couchés dans le lit, tous les deux, côte à côte, Gary redoute ce moment de gêne qui trouble la quiétude de la lecture d'avant le sommeil. Il guette pour savoir si elle a envie ou pas et parfois tente de lui faire comprendre qu'il serait partant. Si, par chance, Janet répond à ses discrètes sollicitations, elle replace l'oreiller pour bien caler sa nuque, remonte sa chemise de nuit et lui sourit comme elle sourit aux enfants lorsque c'est l'heure du goûter. Il peut alors s'allonger sur elle et accomplir son devoir conjugal.

Lorsqu'il avait déposé les droits protégeant l'adresse sex.com, Gary avait eu l'impression de s'encanailler un peu, il n'avait rien dit à Janet qui est si peu canaille. Est-ce pour cette raison qu'il avait trouvé l'audace nécessaire pour draguer une *lawyer* rousse, spécialiste des fusions/acquisitions, dont le bureau est situé au quatorzième étage ? C'est possible. Ce n'est pas que Gary la trouvait particulièrement attirante — encore qu'elle le fût —, mais il avait surtout envie d'être infidèle. C'est la trahison, l'offense qu'il ferait à sa femme qui l'excitait.

Wendy, la jolie rousse, est célibataire, elle aime bien se déshabiller de temps en temps devant un inconnu pour s'assurer que son pouvoir de séduction reste intact. Elle choisit ses amants de passage bien fait et sportif, comme Gary, il n'est donc pas surprenant qu'elle ait répondu à ses avances. Depuis, quand Janet retrousse sa chemise de nuit en dentelle, Gary imagine Wendy dans l'ascenseur en train de faire glisser sa jupe le long de ses jambes jusqu'aux escarpins.

Au Hillcrest Country Club, ce dimanche matin, Albert, le portier, un grand homme noir élégant, parle à Gary de sa fille Cynthia. Elle a besoin d'un stage de trois mois. Gary lui propose de prendre rendez-vous avec sa secrétaire, Cynthia passera le voir, il lui trouvera quelque chose. Cynthia veut faire de la communication. Le vent souffle assez fort ce matin, le ciel est nuageux, comme souvent le matin en Californie. Gary se prépare dans le vestiaire, il va jouer une partie de tennis avec un adversaire qu'il ne connaît pas. C'est ainsi que ça se passe, on met son nom sur un tableau et n'importe quel joueur de votre niveau peut vous proposer une partie. Gary aime bien gagner au tennis, ce qui arrive souvent, et pour se motiver, il a cette manie de se faire des paris idiots à lui-même.

« Si je gagne ce point, je couche avec la rousse du quatorzième. »

« Si je gagne mon service, je vais faire ma meilleure année. »

« Si je gagne le match, sex.com va me rapporter des fortunes. »

Lorsqu'il arrive sur le court, ce n'est pas un inconnu qui l'attend, c'est Jim. « Le gros Jim », pense Gary, la tenue sportive met en valeur son embonpoint.

— Qu'est-ce que tu fais là ?

— Ton adversaire est forfait. Je suis dispo.

Jim a un sourire mauvais.

— C'est mauvais pour ton cœur, non ?

— Je compte sur toi pour me ménager.

Voici presque deux ans que Gary a déposé le nom du site *sex.com*, et on ne peut pas dire que le retour sur investissement soit à la hauteur de son espérance. Il a toujours réussi à éviter le sujet avec Jim. De son côté, son associé est allé se balader sur le site. Quelques photos pornos, des textes, rien de très significatif au début, mais le site s'étoffe. D'autres sites pornos ont vu le jour bien sûr, Internet en est à ses débuts, il faut être patient. Devant l'absence totale de revenus, Jim a appelé la Network Solutions et compris qu'il n'a aucune chance de toucher le moindre centime.

Après quelques minutes d'échauffement, ils tirent à pile ou face.

— Pile, dit Gary.

« Si c'est moi qui sers en premier, Jim n'est pas au courant pour sex.com », ajoute-t-il dans sa tête.

— Face, je commence ! Et Jim marche lentement vers le fond du court sans jeter un regard à son adversaire.

« Il sait », pense Gary.

Certes, Jim devrait perdre une bonne quinzaine de kilos, mais il compense son embonpoint par une volonté et une rage qui prennent le pauvre Gary complètement de vitesse.

— Je savais pas que tu jouais si bien.

— Je joue pas bien, Gary, c'est toi qui as très mal joué. Tu es nerveux.

Le regard perçant de Jim ne quitte pas son associé des yeux.

— J'ai promis un stage à la fille d'Albert, trois mois. Elle veut faire de la communication, je sais pas bien ce qu'on va en faire mais bon… je pouvais pas refuser.

Jim enchaîne, sans ménagement :

— Tu sais que le nom de domaine sex.com appartient à une société appelée CME ? C'est quoi la CME ?

Gary n'y comprend rien, il a bien déposé le domaine à la Network Solutions en omettant d'y faire figurer le nom de Jim, mais il n'a jamais entendu parler de cette CME ! Comme il a juste besoin de faire un demi-mensonge, ses accents de sincérité sont très convaincants.

— Tu as déposé *sex.com* à nos deux noms, n'est-ce pas ? reprend Jim.

— Oui ! Évidemment !

— Eh bien, aujourd'hui, c'est à la CME.

Le lendemain matin, Gary consulte son service juridique. On lui suggère de porter une double plainte : à la Network Solutions d'abord, considérant qu'elle n'a pas fait son travail, et à la CME ensuite qui utilise indûment l'adresse sex.com. Il apprend que le gérant de la CME s'appelle Stephen Brenner. Gary veut éviter toute publicité, il préfère régler ce différend à l'amiable. Avant toute chose, il faut se renseigner sur Brenner. Une société dite de «Conseils en stratégie commerciale» est sur le champ sollicitée. Derrière cette innocente qualification se cache une agence de détectives privés chic et discrète. Elle mène pour le compte de grosses compagnies des enquêtes chics et discrètes. Donald Banks en est le patron. Il tient beaucoup à cette raison sociale: Conseils en stratégie commerciale, il ne supporte pas l'idée d'être à la tête d'une agence de détectives privés. Il trouve ça vulgaire.

Gary va personnellement voir Donald pour lui expliquer l'affaire. On l'introduit tout de suite dans le bureau directorial sans le faire attendre. C'est une vaste pièce, tout est en cuir et bois précieux, on dirait le bureau d'un producteur hollywoodien des années 40. Donald épouse parfaitement le décor, il porte un costume trois-pièces à rayures, les cheveux gominés et soigneusement peignés vers l'arrière, il s'exprime lentement et parle juste assez bas pour obliger son interlocuteur à se concentrer sur ce qu'il dit.

Gary ne s'est pas encore décidé, doit-il dire la vérité au sujet de Jim?

— Ça vous dérange si j'enregistre?

Sans attendre la réponse, Donald sort un magnétophone à bande et appuie simultanément sur le bouton REC et le bouton PLAY. Après avoir vérifié que ça tournait bien:

— Je vous écoute, monsieur Katz.

Gary expose l'affaire en n'omettant aucun détail, sauf Jim; il insiste sur le caractère absolument confidentiel et privé de cette affaire.

— Vous n'aurez affaire qu'à moi, c'est entendu?

— C'est entendu, ne vous inquiétez pas, et Donald coupe l'enregistrement.

5.
Big Ben

Big Ben est un grand type, bien plus grand que la moyenne, deux mètres zéro quatre, d'où ce surnom éloquent. Il est assez repérable, et on pourrait trouver étrange qu'un type aussi gigantesque évolue dans un domaine nécessitant dissimulation et discrétion. Il travaille régulièrement avec Donald et comme ils ne sont bavards ni l'un ni l'autre, ils s'entendent bien. Big Ben a donc été chargé d'enquêter sur un dénommé Stephen Brenner. Et son enquête progresse rapidement, sans trop de difficultés, elle le mène jusqu'à Josy La Rouge. Il ne faut pas lui dévoiler qu'il est un détective privé aux trousses du mari, il doit trouver le moyen de la rencontrer sans éveiller de soupçons. Apprenant que c'est une ancienne stripteaseuse, Big Ben arrête une excellente stratégie.

Josy a l'habitude de se lever tôt et de prendre un café chez Jacky's, une gargote au plafond bas et à l'imposante enseigne lumineuse. Big Ben s'est installé à une table, seul. Josy entre sans s'inquiéter de la présence de ce grand échalas qui feuillette un magazine. Elle note juste qu'il lui jette un long regard étonné, puis elle prend place sur une banquette et déplie son journal financier pendant que le serveur s'approche avec une cafetière en verre remplie de café noir brûlant.

— Comment ça va, madame Josy ?

— Ça va. Et toi, Bob ?

— Oh moi… J'attends la mort, qu'est-ce qu'on peut faire d'autre ?

— Plein de choses, Bob, plein de choses.

Josy n'est pas surprise par la réponse désabusée de Bob, c'est tous les matins la même.

Big Ben ne cesse de la regarder du coin de l'œil, elle finit par s'en rendre compte et ça l'irrite. Quand il se met à la fixer avec un sourire béat, Josy n'y tient plus et au moment où elle va lui demander ce qu'il veut, Big Ben se lève et l'aborde timidement.

— Pardon… Je suis désolé, je vous regarde comme un merlan frit, je suis désolé.

— OK, qu'est-ce que tu veux ?

— Vous êtes Josy ? Josy La Rouge ?

Josy considère différemment son interlocuteur et retire ses lunettes pour mieux voir le visage de ce géant qui la toise.

— Oui… Et alors ?

— Et alors… je trouve que vous êtes la plus belle femme du monde ! Il fallait que je vous le dise, je pouvais pas faire autrement. Il fallait que je vous le dise. Voilà, pardon pour le dérangement.

Josy retient son admirateur. Elle oublie les cours de la Bourse, sourit comme une jeune fille qui reçoit son premier compliment et invite Big Ben à partager un café avec elle pour s'expliquer. Big Ben refuse puis cède et s'exécute timidement.

— Non, tu rigoles ? Tu m'as vue au Bacara Club de Reno ?

— Je m'en souviens comme si c'était hier.

— Ça alors ! J'ai un fan ! Je passais en vedette, je te signale… C'est pas d'hier.

— Vous avez pas changé.

— Oh arrête, tu blagues ou quoi ?

— La preuve : quand je vous ai vue entrer, je vous ai tout de suite reconnue… C'est vrai ou pas ? Vous avez remarqué quand même que je vous ai reconnue ?

— Ah oui, ça…

— Eh bien alors ?

— Eh bien alors… ouais.

Et elle baisse les yeux en souriant comme une première communiante.

Le rendez-vous est pris le lendemain soir. Big Ben l'emmènera dîner dans un club coquin, « ça nous rappellera des souvenirs ».

À vingt heures le lendemain, il l'attend devant chez elle en voiture.

Lorsque Josy apparaît, elle s'est mise sur son trente-et-un. Et son trente-et-un, c'est quelque chose. Avec des talons comme des gratte-ciels et une coiffure généreusement gonflée, elle s'élève à une altitude raisonnable, elle arrive au-dessus des côtes flottantes de Big Ben. Josy n'est a priori pas son style de femme (mais a-t-il seulement un style de femme ?). Elle est trop coquette, s'asperge d'un parfum qui le fait éternuer, et on aperçoit l'élastique de son string sous sa robe moulée (ce qu'il trouve douteux). En lui ouvrant la portière de la voiture, il la complimente abondamment et la regarde avec un appétit de séducteur.

— Pourquoi on t'appelle Big Ben ? Parce que t'es grand ou parce que t'es anglais ?

— Un peu des deux. Je suis un grand d'origine anglaise.

— Et tu sonnes aussi ? Comme le vrai ?

— Ça m'arrive de temps en temps, oui. Mais attention, là, ça devient intime comme conversation.

Josy rit tout le trajet pendant que Big Ben éternue.

Magie de la séduction, mystère de l'amour : ils sympathisent et, dans la foulée, couchent ensemble. Finalement, Big Ben aime bien Josy, et Josy aime bien tout le monde du moment qu'on la trouve belle et séduisante. Même s'il est en service commandé, Big Ben passe un très bon moment. La peau de Josy est douce, le parfum une fois dissipé, elle sent bon, il aime cette façon simple et directe qu'elle a de faire les choses. Il aime son visage lumineux.

— C'est la première fois que je couche avec un gratte-ciel, dit-elle une fois l'étreinte achevée.

— Et moi avec un bijou, répond Big Ben qui se demande où il est allé chercher ça. Il plonge son regard dans les yeux verts de sa conquête et l'embrasse avec une tendresse sincère.

On ne sera pas surpris d'apprendre que Josy se confie facilement. Elle ne tarit pas d'aigreur sur son mari frivole, « moi qui ai tout fait pour lui ». Il a disparu du jour au lendemain après l'avoir trompée avec Nelly Shine, une salope qui travaille à la Network Solutions.

L'enquête de Big Ben avance donc très vite, trois semaines après le premier rendez-vous, Donald remet à son client — monsieur Katz — un rapport dont voici la teneur : Stephen Brenner a quitté Los Angeles pour créer une société domiciliée aux îles Vierges et un site Internet basé au Mexique. Il héberge des films pornographiques par centaines, mais en produit également à la chaîne. Il submerge ainsi de concupiscence et de stupre ce qu'on appelle désormais le Net. Cela représente vingt-cinq millions de connexions par jour et trois milliards de dollars de chiffre d'affaires. Le salaire moyen de monsieur Brenner est estimé entre cinquante et cinq cent mille dollars par mois.

Gary, face à Donald, reste sans voix. Il déglutit, se pince violemment la bouche entre le pouce et l'index, geste qui trahit chez lui une irritation maximum.

— Entre cinquante mille et cinq cent mille… c'est une fourchette assez large.

— Difficile d'être plus précis. Dans les deux cas, c'est beaucoup d'argent.

— Beaucoup, confirme Gary.

— D'ailleurs, à ce propos… voici ma note. Je l'envoie à votre service comptabilité ou bien vous la réglez directement ?

— Je vais vous faire un chèque tout de suite.

De retour à son bureau, Katz décide de lancer l'offensive. Il dépose une plainte en bonne et due forme pour faux et usage de faux.

L'enquête terminée, Big Ben a disparu, Josy n'a plus de nouvelles de son grand amant et elle se languit. Elle avait fini par s'habituer à ce long corps sec allongé sur son lit. Big Ben, de son côté, avait fini par aimer le parfum de Josy et son corps un peu rond qui complétait à merveille la minceur du sien. Mais il est strictement interdit de mélanger le travail et l'amour, revoir Josy est impossible.

Josy se dit que les hommes sont tous des salauds.

6.
The Love Boat

Les îles Vierges américaines se situent entre la mer des Caraïbes et l'océan Atlantique. C'est un des arrêts du paquebot *Pacific Princess* dans la série des années 80, *The Love Boat.* Il y a trois îles principales, Saint Thomas, Saint John et Saint Croix. Les îles Vierges sont un paradis pour les marins qui pratiquent la voile, les plongeurs qui aiment le corail et les fonds marins, et les sociétés qui cherchent à payer le moins d'impôts possible. Depuis qu'il s'y est installé, la vie de Stephen Brenner a radicalement changé. Son immense villa sur les hauteurs de Saint Thomas témoigne de tout ce dont il est capable en matière de bon goût : des dorures comme chez Louis XIV, des colonnes romaines comme chez César et beaucoup, beaucoup de marbre, comme chez les Grecs anciens.

Les affaires de monsieur Brenner marchent au-delà de toutes ses espérances, non seulement il possède l'adresse sex.com, mais en plus, il fournit une partie du contenu. Sa société produit films et photos pornographiques à une cadence accélérée. Le pornographe épanoui mène une existence édénique, et il n'aurait aucune raison de se plaindre si un étique nuage ne flottait à l'horizon de ce ciel tropical : Nelly Shine. Les complices finissent toujours par devenir encombrants, surtout quand on a, comme Stephen, si peu le sens du partage.

Circonstance aggravante, elle est amoureuse. Elle couvre son amant de petits mots tendres et de coups de fil sucrés auxquels il ne répond pas. Alors elle s'indigne, réclame le respect qui lui est dû, multiplie les scènes et menace de tout raconter. Pour contenir ces débordements, Stephen l'avait invitée à venir passer un week-end à Saint Thomas. Il s'était fait prévenant et délicat en évitant de lui dire que la maison était sa propriété, « c'est un ami qui me la prête ». L'amante s'était adoucie. La vieille de son départ, Stephen l'avait emmené dîner aux chandelles sur l'océan. À la lueur vacillante des bougies et au doux son des clapotis venant assidûment caresser les planches du ponton, il avait du mal à retrouver la Nelly des débuts, celle de cette matinée ensoleillée, il y a quelques années, où ils étaient allés manger des hot dogs. Sous les tropiques, mademoiselle Shine perdait tout son charme. Surtout lorsqu'à la fin du repas, elle s'était inquiétée de savoir où Stephen en était de son divorce.

— Tu m'as dit que le jour où tu ferais fortune, tu m'épouserais. Tu te souviens ?

Stephen se souvenait, malheureusement, de toutes ses promesses.

— Et là, t'as fait fortune.

— Fortune, n'exagérons rien, les affaires ne sont pas encore florissantes, mais ça va marcher, c'est une question de mois.

— Moi, ça me suffit bien. Quand on sera mariés, je ferai venir Bobby. J'ai vu qu'il y avait un centre pour lui. Ou bien on prendra quelqu'un pour s'occuper de lui. Enfin, on trouvera une solution. Il va être bien ici.

— Évidemment ! On va prendre Bobby avec nous, avait assuré Stephen.

Nelly était repartie en feignant le calme et la sérénité, elle l'avait embrassé sur la joue et lui avait glissé d'un ton léger : « À très vite mon amour, j'ai hâte de te dire oui pour la vie. »

Depuis ce week-end en amoureux, Stephen se demande comment régler le problème Nelly, il n'écarte aucune solution, même la plus radicale.

Les tournages ont lieu chez lui, il a aménagé dans sa vaste cave un studio de prises de vues des plus modernes. Ce matin, une équipe est au travail depuis bientôt une heure lorsque le réalisateur (un Mexicain qui signe ses œuvres du nom de Pablo Penis) vient demander de l'aide à Stephen. Il a un problème avec la vedette féminine.

— Elle veut pas de fessée.

— Quoi ?

— On a prévu qu'elle prenne une fessée, elle veut pas la fessée.

— Pourquoi elle veut pas ?

— Pourquoi, je sais pas. Je croyais que c'était dans son contrat. Le scénario dit qu'elle prend une fessée. Mais elle veut pas de fessée.

— Attends, je vais lui parler.

Stephen connaît ce genre de contretemps, c'est le tout venant d'un producteur de films. Le septième art se heurte parfois aux caprices des interprètes. De la fermeté et de la diplomatie, voilà les qualités dont il faut faire preuve pour dénouer les situations les plus délicates.

Quelques minutes plus tard, dans la cave, la vedette féminine, en peignoir, fume nerveusement une cigarette.

— Faut pas fumer ici mon ange, ça pue après… Pourquoi tu veux pas une petite fessée ? C'est écrit dans le scénario. Tu as lu le scénario avant de signer ton contrat. Tu peux pas refuser maintenant.

— C'est écrit une fessée, pas une raclée. Tu l'as vu l'autre ?

Et elle désigne l'acteur masculin, un colosse cubain d'au moins un mètre quatre-vingt-quinze.

— T'as vu ses mains ? Il m'a claqué les fesses, regarde la marque !

Elle soulève son peignoir et montre une main rouge imprimée sur sa fesse gauche.

— Pourquoi tu tapes aussi fort ?

— Je tape pas fort. Je tape, c'est tout. Une fessée, on tape.

Après une demi-heure de palabres, on peut constater le profond désaccord entre les deux acteurs :

Elle : « Si y m'retouche le cul, je lui pète les couilles. »

Lui : « Tu vas la fermer ta gueule connasse et te foutre à quatre pattes ! » est l'un des échanges qui atteste de la dysharmonie qui règne entre les deux artistes.

Stephen parvient néanmoins à un consentement dont voici les termes : une légère augmentation du cachet de la vedette féminine ainsi que la promesse de l'acteur « d'y aller mollo ». Le tournage peut reprendre. Stephen retourne à son bureau pour ouvrir son courrier personnel. À la troisième enveloppe, il découvre une convocation au tribunal, une plainte a été déposée contre lui. Nous sommes le 6 juin 1997.

Le plaignant, Gary Katz, reproche à Stephen d'utiliser illégalement l'adresse Internet www.sex.com. Comme à son habitude, Brenner cède tout d'abord à l'abattement et à la déprime et s'écroule sur son *King Size* rose à baldaquin. Il songe à la cruauté et l'injustice qui règnent en ce bas monde quand, de la cave, il entend les hurlements de l'actrice, ce qui laisse à penser que la concorde difficilement obtenue vient de voler en éclat.

Stephen ne veut pas perdre tout le succès que mérite son génie. Il a fait de sex.com une réussite éclatante. Gary Katz ne travaille pas dans le porno, il n'y connaît rien ! Enfoirés d'investisseurs qui attendent que l'argent tombe tout seul.

Anéanti, il sort de sa chambre et croise l'équipe au complet qui poursuit l'actrice en la suppliant de rester. Elle ne veut rien entendre, trop c'est trop, elle quitte le plateau.

Stephen la retient brutalement par le bras, elle grimace :

— Si tu pars, tu tourneras plus jamais ! hurle-t-il. C'est moi qui décide ici ! C'est moi le patron ! sex.com, c'est moi et personne d'autre ! Si je fais passer le mot que t'es même pas foutue de prendre une tape sur le cul, tu tourneras avec plus personne ! Parce que j'ai du pouvoir, moi, tu m'entends ? Je suis pas n'importe qui ! Alors commence pas à m'emmerder ! Tu redescends dans cette cave et tu prends ta fessée ! Merde !

En silence, tout le monde redescend à la cave.

Stephen, galvanisé par cette éclatante victoire, combatif et résolu à nouveau, se redresse et inspire longuement. Oui ! C'est lui le patron. Il va se battre. Comme Mao Tsé-toung, il croit à l'importance primordiale de la volonté.

Deux heures plus tard, il s'envole pour Los Angeles.

7.
sex.com

La révolution numérique est en train de conquérir le monde. Les premiers à être connectés sont les immeubles de bureaux. Ceux de la société d'investissement de Gary, la Magnus Financial Corp., le sont depuis quelques mois, et les nouveaux ordinateurs remplacent les anciens à un rythme insensé. On multiplie les formations pour ne pas se laisser submerger, et chacun commence à s'habituer à ce nouvel outil. Les sites et les logiciels se multiplient, une somme d'information considérable est disponible, ça ne va pas s'arrêter là. L'Internet n'a que quelques années, et on se demande déjà comment on faisait sans. En 1997, environ 40 millions d'ordinateurs sont connectés. C'est encore très peu, mais la courbe est exponentielle. Après les bureaux, ce sont les quartiers les plus chics qui rejoignent le www, une prise Internet fait son apparition chez les Katz, un boîtier qu'on décide de placer dans le bureau du père de famille. Janet trouve cela disgracieux. Gary va enfin pouvoir naviguer sur Internet chez lui. Il hésite pour savoir quel *computer* personnel s'acheter. IBM propose des PC qui ont bonne réputation, mais la tendance est résolument du côté d'Apple qui vient de commercialiser le Power Macintosh II. L'énigmatique Steve Jobs commence à faire la Une de la presse spécialisée, sa société fait des hauts et des bas à la Bourse, mais Jobs passe pour un génie qui révolutionne le marché. Gary achète un de chaque. Ses enfants sont encore trop petits pour toucher les claviers et s'en plaignent, ils ont juste le droit de regarder les deux machines fantastiques posées sur le bureau de leur père. Il leur fait un exposé : on prévoit qu'en 1998, plus de 100 millions de personnes seront connectées. « Nous avons — vous avez — une chance incroyable, Internet est la grande aventure du siècle, un immense enjeu commercial… Et moi, je me suis fait piquer une idée géniale », pense-t-il tout bas.

Janet trouve tout cela ridicule, visionnaire, elle déclare: «C'est un phénomène de mode, c'est tout. De toute façon, je parie qu'on ne s'en servira même pas.»

Gary préfère ne rien répondre et l'embrasse sur le front avec un sourire tendre, ce qui est fondamentalement «anti-sexy», se dit-il au moment où il le fait.

Le soir même, après avoir vérifié plusieurs fois que la maison était profondément endormie, Gary navigue sur le World Wide Web, dans son bureau. Pour la première fois, il tape l'adresse qui est légalement la sienne: *www.sex.com.*

Un petit bruit électronique indique que l'ordinateur s'est mis à la recherche de sa cible. Une page s'ouvre. Des images apparaissent remplissant l'écran de bas en haut, comme une bouteille. Bientôt, une femme nue, une main sur le sexe, un doigt dans la bouche, fixe Gary pour l'inciter à continuer sa visite. Il clique au hasard et ouvre une page qui lui enjoint de se procurer le plus rapidement possible les derniers sex toys. La photo d'une jeune femme — les jambes écartées et les yeux fermés pour mieux goûter au plaisir que lui procure un de ces jouets — est légendée d'un catégorique: «Essaie, tu vas aimer ça.» Gary «entre» dans le magasin. On lui propose des gels, des fouets, des godemichets et le dernier cri de la stimulation électrique. Il opte pour «godemichets». Un catalogue exhaustif emplit l'écran, toutes les couleurs, toutes les tailles et toutes les matières sont proposées. Gary reste un instant stupéfait devant le modèle «jumbo», proposé à 29,99 $. Il peut consulter la liste des sexshops susceptibles de lui vendre ces objets de plaisir. L'originalité la plus remarquable de la CME est d'avoir divisé son catalogue en thèmes: Amateur Movies, Blowjob, Anal Sex, Pipes, Big Tits, SM, soit une centaine de subdivisions très pointues permettant de satisfaire les clients les plus exigeants ou les plus tordus. Comme tous les adolescents de sa génération, il avait eu l'occasion de feuilleter des revues pornographiques, ce qu'il avait fait avec la fébrilité qui convenait à son âge. Pendant des vacances, accompagné de ses copains, il était allé voir un film X et avait pu s'éveiller à un semblant de sexualité. Il espérait ainsi ne pas être trop pris de court le jour béni où il aurait la chance de voir un vrai corps de femme nue. Mais toutes ces expériences avaient été menées dans la discrétion la plus totale. La honte, l'infamie même guettait celui qui se serait fait surprendre sous les draps en train de reluquer une revue porno. Ce site, sans la moindre retenue ni avertissement, étale sur un écran les images les plus triviales, les plus viles, en un mot les plus sales. Gary est outré ! Il revient sur la page initiale et décide de télécharger un film. Il choisit au hasard *Wild Guys With a Teen,* avec Gabrielle Della Moon, mégastar du porno, précise la fiche technique. L'écran s'obscurcit, une petite fenêtre apparaît et signale que le téléchargement a commencé. Il durera environ cinquante minutes…

« Qu'est-ce que je vais faire pendant cinquante minutes ? », se demande Gary. Il va dans la cuisine pour se servir une bière. De retour dans son bureau, il entend un bruit dans l'escalier. Des pas ! Il veut interrompre le téléchargement, il se trompe, l'ordinateur se bloque, le titre *Wild Guys With a Teen* reste figé sur l'écran, les pas se rapprochent, il arrache la prise d'alimentation. Daisy, cette ahurie de chienne labrador, entre dans le bureau et s'affale au pied de son maître en lui jetant un petit regard soumis et heureux.

— Tu m'as fait peur, imbécile !

Elle lève la tête et l'incline légèrement sur le côté en fixant Gary de ses grands yeux doux. Elle a pris « imbécile » pour une marque d'affection.

— Tu m'as fait louper mon téléchargement. À cause de toi, il faut que je recommence.

Daisy écoute attentivement avant de fermer les yeux. Lorsque le téléchargement sera enfin terminé, Gary pourra constater que la réputation internationale de Gabrielle Della Moon n'est pas usurpée et Daisy se sera perdue dans ses rêves de labrador. Elle tressaille, elle saute, elle bondit, elle gémit de bonheur. C'est bien plus amusant de jouer sur la plage avec Gary, il envoie la balle loin, fort, on la perd même de vue parfois tant elle est puissamment projetée. Quand elle se réveillera, le bureau sera vide, la maison dormira encore, ce sera l'aube.

8.
Looking for Gary

Stephen regarde les nuages au-dessus desquels son avion file vers Los Angeles. Il touille avec sa paille les glaçons et la rondelle de citron vert au fond de son gobelet en plastique, avant d'aspirer bruyamment les dernières gouttes de son gin-tonic. La jeune femme à côté de lui le regarde avec insistance, elle se navre d'être à côté d'un type aussi bruyant et à l'allure si vulgaire. Stephen, le regard planté dans les nuages, ne remarque rien. Il aimerait bien voir la tête de Gary Katz. C'est sûrement un lâche, un gommeux, s'il avait des couilles, il viendrait s'expliquer avec moi, d'homme à homme. Mais non, il va voir des cabinets d'avocats qui coûtent une fortune. Il y en a qui se font payer mille dollars de l'heure. Des bandits ! Par une habile inversion des valeurs, Stephen se convainc qu'il est la victime et Katz un être immoral et obscène. Il a sûrement tout : une famille riche, une éducation parfaite, une réussite brillante, alors de quel droit vient-il aujourd'hui sur mon terrain ? La pornographie, c'est l'affaire de gens comme moi.

Et si Stephen lui proposait de s'associer ? Gary entre dans l'affaire et tout le monde y gagne. La voilà la bonne idée ! Il faut d'abord le voir, sentir l'animal. Stephen aspire à nouveau son verre sans s'apercevoir qu'il est vide. Il est tellement nerveux qu'il fait trembler sa jambe, ce qui finit d'irriter la jeune femme. Elle se penche, regarde s'il y a des sièges libres. Il n'y en a pas. Elle reprend la lecture de son dossier et fait un effort surhumain pour tenter de s'isoler.

« Je vais aller le voir. Au premier coup d'œil, je saurais si on peut s'entendre. »

— Pardon… Vous pouvez arrêter de bouger votre jambe, s'il vous plaît !

dit la jeune femme, à bout.

Stephen sort de ses nuages. Il la regarde pour la première fois. Jolie. En jupe, ses genoux gainés dans la soie de son collant attirent le regard. Son air pincé n'est pas engageant, pourtant, Stephen se lance :

— Vous allez à L.A. pour affaire ?

— Oui.

— Je parie que vous êtes avocate ou un truc comme ça.

— Voilà, un truc comme ça.

— Vous ne connaîtriez pas un certain Gary Katz, par hasard ?

Pourquoi pose-t-il cette question idiote ?

La jeune femme lève les yeux et massacre Stephen du regard :

— Ne me parlez pas, ne gigotez pas, n'aspirez pas votre verre vide ! Et laissez-moi tranquille ! D'accord ?

L'avion atterrit quarante minutes plus tard.

Stephen attend devant le grand *building* imposant sis à Downtown Los Angeles, qui accueille les bureaux de Magnus Financial Corp. Il a donné rendez-vous à Gary dans un bar restaurant, en face. Il s'installe et commande un café *cream and sugar.*

Quand il a téléphoné de l'aéroport, il est tombé sur sa secrétaire :

— C'est de la part de qui ?

— C'est de la part de Stephen Brenner.

— Très bien, je note, monsieur Katz est très occupé, puis-je prendre un message ?

— Pas de message. Dites-lui juste que Stephen Brenner veut le voir, il comprendra.

— Il comprendra quoi ? a rétorqué la secrétaire insolente.

Finalement, il a obtenu un rendez-vous dans ce bar, en précisant qu'il aurait une écharpe rouge, une casquette à l'effigie des Chicago Bulls et qu'il serait au comptoir en train de feuilleter le *Los Angeles Times.* Sauf que Stephen n'est pas assis au comptoir, mais à une table, il n'a pas d'écharpe et pas de journal. Il veut d'abord voir son ennemi en face.

Quand la secrétaire de Gary lui a dit qu'un certain Stephen Brenner a appelé pour prendre un rendez-vous dans le bar d'en face, elle sortait du bureau et tournait le dos à son patron. Elle fait toujours ça lorsqu'elle juge qu'une information a peu d'importance, elle parle vite, sans articuler et en tournant le dos. Elle est irréprochable au demeurant, mais cette manie irrite Gary.

— Qui ?
— Stephen Brenner.
— Et qu'est-ce qu'il veut ?
— Je ne sais pas, un rendez-vous.
— Pourquoi vous ne le dites pas ?
— Mais je vous le dis !
Gary sort de son bureau et tombe sur une jeune fille timide :
— Bonjour, je suis Cynthia, la fille de…
— Qui ?
— Je viens pour un stage.
— Ah oui, le stage.

Gary se souvient, la fille d'Albert, le gardien du Hillcrest Club. Cynthia est une jeune métisse, déjà plus une enfant, mais pas encore tout à fait une femme. La beauté, l'authentique beauté, est une chose si rare qu'on met un instant avant de la reconnaître. Gary détourne le regard puis revient sur elle, il reste muet quelques secondes, comme frappé par une apparition.

— Un stage, oui. Bien sûr, je me souviens. Attendez-moi un quart d'heure, je reviens et je vous reçois. Vous pouvez m'attendre ?

— Oui, je vous attends.

Gary lui désigne des canapés, Cynthia va s'asseoir sagement.

Il sort du *building*.

Son cœur bat fort, pourquoi ce rendez-vous ? Et surtout, pourquoi lui, Gary, s'y rend-il ? Il aurait dû appeler son avocat, au lieu de ça, il y va. C'est qu'il veut bien voir la tête de ce Stephen Brenner.

Il entre. À cette heure-ci, le bar est peu fréquenté, l'endroit est comme un long couloir ; au fond, un coin sombre semble dissimuler quelques ombres. Face au comptoir, le long du mur, des tables avec de larges banquettes. Gary s'assied sur un tabouret.

— Un Coca, s'il vous plaît.

Pendant que le serveur remplit un verre de glace pilée qui laissera peu de place au Coca, Gary regarde alentour, il essaie d'être le plus naturel possible, il est nerveux, emprunté. Pas de casquette ni d'écharpe. Pourquoi Brenner veut-il le rencontrer en secret dans un bar ? Parce que c'est un voyou, ce sont les voyous qui procèdent ainsi. « Je ne suis pas un voyou, je devrais m'en aller. »

Un couple silencieux boit un thé, un ivrogne regarde son verre déjà vide, près de la sortie, un type sirote lentement un café en regardant la rue.

Quelques clients entrent et sortent.

Gary attend.

Le type près de la sortie commande un nouveau café, puis regarde chaque client avec attention. Gary a un pressentiment qui devient vite une certitude. Stephen s'attarde sur lui. Gary baisse d'abord les yeux puis décide de faire face. Les deux hommes se fixent longuement. La bouche de Stephen s'incurve pour dessiner un mauvais sourire. Gary se lève et marche, d'abord timidement, puis avec résolution, vers l'homme qui lui a donné rendez-vous.

Stephen le laisse approcher, « comme dans un film de Sergio Leone, se dit Gary, l'un de nous va dégainer ». Il n'est plus qu'à un mètre, Stephen se lève et sort brutalement du bar.

Gary est très content de lui, il ne se savait pas aussi courageux.

9.
Billy, cinq mois

Le jour de la convocation chez le juge fédéral tombe le jeudi 17 juillet 1997. Stephen Brenner ne s'y rendra pas, son avocat, un régulier cette fois, ira à sa place et on lui signifiera qu'une plainte a été déposée contre son client pour faux et usage de faux. Maître Loebmann du cabinet du même nom est pessimiste: «Monsieur Brenner, les documents fournis à la Network Solutions attestant que vous êtes le propriétaire du domaine sont des faux. Personne n'aura de doute là-dessus.» Stephen est déçu, il pensait que Matt lui avait fourni des faux de meilleure qualité. L'avocat poursuit: «Mademoiselle Shine prétend les avoir enregistrés en toute bonne foi. Admettons. Mais elle sera suspectée de complicité, surtout si le juge découvre que vous aviez une liaison. Pour l'instant, elle sera licenciée pour faute professionnelle, c'est ce qui peut lui arriver de moins grave. Ce genre de procédure est toujours très lent. Nous allons gagner du temps et laisser venir.»

Voici donc la stratégie adoptée.

Maître Loebmann précise enfin que, même si les deux hommes trouvaient un terrain d'entente, il y a toujours une plainte en cours pour faux et usage de faux déposée par la Network Solutions. Stephen ne croit plus à un arrangement possible avec Gary. Il a bien fait de prendre ce rendez-vous, il a vu la tête de ce gommeux qui se prend pour un cador, méprisant, sûr de lui, une gueule qui ne lui revient pas. Alors, il a eu une idée.

Le mardi 15, avant-veille de la convocation, il se rend chez Charlie. Charlie est d'un physique effrayant, le quart inférieur gauche de son visage a été emporté par un coup de fusil lorsqu'il était enfant; un accident. Charlie ne mâche que du côté droit et boit avec une paille, c'est ainsi depuis toujours, il est habitué. Lorsqu'ils se sont connus, Charlie vivait dans la caravane de sa tante et touchait une pension misérable. La tante appelait Charlie «mon petit monstre» et conservait chaque mois le pécule dans l'éventualité d'une chirurgie réparatrice qui aurait adouci l'existence du pauvre garçon. Régulièrement rattrapée par le vice, la charitable tante finissait par boire les sommes accumulées et s'excusait le lendemain auprès du garçon, lui jurant que c'était la dernière fois. Après plusieurs années de ce régime, la pauvre femme finit par mourir d'une mauvaise chute, ce qui mit fin à ses tourments et permit à Charlie de profiter de sa maigre pension et de la caravane. Il y a bien longtemps, Stephen, assistant à l'époque, cherchait pour la séquence d'un film des figurants aux physiques effrayants. Il était tombé sur ce pauvre Charlie dont la gueule arrachée compromettait tout avenir et il l'avait pris, à cette occasion, en sympathie. Charlie fut engagé pour le tournage et depuis ce jour, il faisait de temps en temps des apparitions dans des films d'horreur ou des clips. Cette embellie, Charlie la doit à Stephen et il lui en est à jamais reconnaissant. Stephen n'hésite du reste jamais à profiter de cette fidélité.

Ce 15 juin, Charlie accueille son bienfaiteur comme un prince dans sa caravane à l'odeur de moisi, il ouvre tous les placards de son petit coin cuisine et propose tout ce qu'il a. Stephen, pour mettre fin à ce déluge de suggestions, finit par accepter un verre de jus d'abricot. Il boit, assis sur la banquette du coin salon. Il ne s'est jamais habitué à ce visage mutilé, il essaie de ne pas regarder trop bas, se concentre sur les yeux. Après quelques propos d'usage, il lui explique ce qu'il attend de Charlie et comment il doit procéder.

Le lendemain, à l'heure où le juge fait entrer dans son bureau Maître Loebmann et sa consœur, Maître Lijin, l'avocate de Katz, Gary est dans sa voiture, à l'angle d'Idaho Avenue et de la 25e. Lui non plus ne se rendra pas à la convocation. Le carrefour est toujours embouteillé, le feu vert est trop court. À gauche, un terrain vague timidement colonisé par de disgracieuses tiges vertes surmontées de petites clochettes molles, Gary regarde les herbes sans les voir, il songe aux milliers de dollars qu'il est en train de perdre chaque minute, à tous ces gens qui tapent sur leur clavier le nom de son site, sex.com, pour se gaver de la pornographie la plus vile, à tous ces corps glabres qui se compromettent sans pudeur devant une caméra, ces bouches qui se remplissent, ces gémissements plaintifs et gourmands qui rythment des mouvements frénétiques… Ces pensées ne le quittent plus. Gary a regardé plusieurs films des productions CME, il a été tenaillé entre le dégoût et l'excitation. Des visions de la jeune Cynthia ont surgi dans son esprit. Il l'a imaginée dans des positions révoltantes de lascivité sur le canapé de son bureau. Pour chasser ces visions coupables (et passibles de poursuites judiciaires), il a remplacé dans ses fantasmes la stagiaire par la juriste rousse. Avec succès.

Un homme marche sur le trottoir, il a le bas du visage recouvert d'un foulard, Gary pourrait le voir se rapprocher dans le rétroviseur de sa Mercedes, mais il n'y prête pas attention. Il pense de nouveau à Cynthia, son stage a mal commencé. Le bruit court que certains ont été désagréables et d'autres, trop aimables. On la dit arrogante. Alors qu'elle est juste timide. Les imbéciles voient de l'arrogance là où il s'agit de perfection. On reproche à Cynthia d'être une exception, face à elle, on est systématiquement moyen. L'homme se rapproche, lorsque le feu passe au vert, seules quelques voitures parviennent à franchir le carrefour. L'homme au visage recouvert sait qu'il a tout son temps, il remonte calmement la file de voitures à grandes enjambées.

Gary avance de quelques mètres, puis s'arrête à nouveau.

« Depuis combien de temps je n'ai pas fait l'amour avec Janet ? Longtemps. Je devrais noter. » Est-ce que les hommes mariés notent quand ils font l'amour à leur femme ? Ce serait instructif. Au début de leur relation, il est arrivé que Gary, juste après avoir fait l'amour à sa femme, ait encore envie. Dans ce cas, il se masturbait doucement alors qu'elle dormait déjà. « Ça n'arrive plus désormais, pense-t-il. Je déteste sa chemise de nuit à fleurs, un cône, avec un col Claudine qui lui enserre le cou. Elle ressemble à une petite fille là-dedans, ou pire à un pasteur calviniste. J'aimerais bien qu'elle dorme nue. Je n'oserais jamais le lui demander. J'ai tort, peut-être que ça lui plairait. » L'homme au foulard est à la hauteur de la Mercedes de Gary. Il fait le tour pour se retrouver du côté conducteur. Gary se demande ce que veut ce type. Charlie sort une arme de sous son manteau et appuie le canon sur la vitre comme s'il allait tirer.

Le cœur de Gary va cesser de battre. Puis l'homme se penche, descend son foulard, et Gary peut admirer l'effrayant demi-sourire de Charlie.

Le cœur de Gary cesse tout à fait de battre.

Il hurle, verrouille les portes de sa voiture et appuie des deux pieds sur l'accélérateur de sa Mercedes à transmission automatique.

Il fait une embardée pour éviter la voiture devant lui. Il ne contrôle plus du tout son véhicule, la Mercedes bondit sur le trottoir. Une femme pousse un cri déchirant, la voiture de Gary vient de renverser la poussette de son bébé. La Mercedes ne s'arrête pas, au contraire, elle accélère et s'éloigne en évitant de justesse une collision avec un camion dont on entend le klaxon résonner longtemps.

Des passants effarés accourent, des automobilistes sortent de leur véhicule. Tous se précipitent vers la poussette, la mère de l'enfant hurle, pétrifiée de terreur, elle n'ose pas aller ramasser son nourrisson qui a roulé sur le trottoir. C'est un petit garçon de cinq mois prénommé Billy.

Ceux qui n'ont pas vu la scène se mettent à klaxonner rageusement, ils ne comprennent pas pourquoi personne ne démarre lorsque le feu est vert. Sur le lieu du drame, c'est à celui qui s'indignera le plus, les conjectures fusent de toutes parts, on se demande ce qui a bien pu arriver, seul un fou prendrait le risque d'écraser un enfant, certains ont vu le numéro, ils sont formels, ça commence par DW et finit par 5, «non c'est AR 376 AJ, je l'ai clairement vu». Le seul qui reste calme, c'est Billy. Il gratifie sa mère secouée de pleurs d'un sourire ensoleillé, elle le serre dans ses bras. Lorsque l'on constate que l'enfant semble indemne, l'attroupement autour de la poussette finit par se disperser. Pour plus de sûreté, un jeune couple propose à la mère d'aller à l'hôpital pour s'assurer que tout va bien. Car la roue de la Mercedes est passée tout près. Gary le sait. Après avoir foncé sur le boulevard, il a tourné dans une petite rue puis dans une autre, il a roulé, roulé et enfin il est monté dans un parking en étage, tout en haut, sur le toit. Il s'est garé et tente de reprendre son souffle. Ce visage épouvantable, le pistolet, la poussette, ces images de cauchemar défilent sans répit.

«Qui? Pourquoi? Et surtout, est-ce que j'ai tué un enfant? Quelqu'un a-t-il eu le temps de relever la plaque d'immatriculation? Dois-je me rendre à la police?» Gary reste adossé à la portière, il sent ses jambes trembler, il serait bien incapable de marcher. Il attendra une heure avant de repartir. Il regrette de ne pas fumer, «ça me calmerait sûrement», se dit-il. Un verre d'alcool lui ferait du bien. Gary allume la radio locale, si l'enfant était blessé, ou mort, l'information serait déjà diffusée partout. Et s'il n'a pas de nouvelles de la police, c'est que personne n'a eu le temps de relever le numéro d'immatriculation. Il reprend sa voiture et roule prudemment jusqu'à son bureau. Il attend devant un des quatre ascenseurs dans le grand hall au plafond si haut qu'il ressemble à une cathédrale. Gary est un homme intelligent, il a une réelle capacité de raisonnement, il essaie de prendre les choses dans l'ordre. D'abord, comprendre pourquoi il a été victime de cette agression, pourquoi lui, dans ce flot de voitures. Il semble qu'on ait voulu lui faire peur, l'intimider. Et ça tombe le jour de la convocation chez le juge… Gary ne met pas longtemps à soupçonner Stephen Brenner. Il ne dira rien à son avocat, cela nécessiterait de parler de la poussette renversée.

Il entre dans un ascenseur vide, la jolie rousse du quatorzième le rejoint. Miracle, décidément, il y a des jours pas comme les autres.

Les portes se referment.

Elle le regarde:

— Bonjour Gary. Tu es pâle, ça va?

— C'est fou, répond Gary comme un enfant éberlué, je pensais à toi tout à l'heure dans ma voiture.

— Tu pensais quoi?

— Que… qu'il faut qu'on prenne un verre tous les deux.

— Un seul verre?

Elle sourit. Ses yeux intelligents ne quittent pas Gary, il est intimidé, d'autant qu'il entrevoit des images pornographiques, comme des flashs qui surgissent. Il y a quelques secondes, il était inquiet pour un bébé dans sa poussette renversée et maintenant, il imagine cette femme à quatre pattes, en porte-jarretelles, une

Gabrielle Della Moon rien qu'à lui. L'homme est décidément plein de ressources.

— Non, deux verres. Un chacun. Pour commencer.

— T'es courageux.

— Pourquoi ?

— On est tout seuls dans l'ascenseur, je pourrais t'accuser de harcèlement, te poursuivre en justice, je suis sûre de gagner, tu serais ruiné, humilié, ta femme te quitterait et moi je serais riche... Tu sais que ça se fait de plus en plus.

Elle laisse un temps pour goûter sa cruauté, puis ajoute :

— À quelle heure ?

Ils conviennent d'un rendez-vous.

C'est à peu près au même moment que Charlie et Stephen se retrouvent à Venice Beach, devant l'océan. Ils ont rendez-vous à la hauteur du skate park où de jeunes gens nonchalants multiplient d'étonnantes figures sur une planche dont le son des roulettes porte loin sur le béton. Quelques post-hippies-clochards déambulent sans but apparent, au contraire des sportifs qui longent la mer, pleins d'une détermination effrayante. Stephen attend et regarde les femmes dont certaines portent sur le visage les stigmates d'une chirurgie esthétique. Elles pratiquent l'activité à la dernière mode : la marche sportive. Le pas est ample, soutenu, et le mouvement des bras très exagéré afin de brûler un maximum de calories. Certaines forment une grappe d'une dizaine de marcheuses, elles suivent un coach qui les encourage à ne pas faiblir. On dirait une armée de fantassins en legging partant à la conquête d'une contrée inconnue.

Charlie vient s'asseoir à côté de Stephen. Il garde toujours un foulard sur le bas du visage lorsqu'il est dans la rue.

— Alors ?

— Je lui ai foutu une trouille bleue.

Il faut être très concentré quand Charlie parle, sa moitié de visage rend son élocution problématique.

— Quoi ?

— Je lui ai foutu une trouille bleue ! J'avais un faux flingue, j'ai fait comme ça sur la vitre de la voiture (et il mime un pistolet avec deux doigts tendus et le pouce relevé). Il a détalé. Il a même renversé une poussette.

— Il a renversé une poussette ? Il a blessé quelqu'un ?

Il y a plein d'espoir dans la voix de Stephen.

— Non. Le bébé n'a rien. Heureusement ! T'imagines ? Je m'en serais voulu, conclut Charlie.

« Ah oui, c'est vrai, pense Stephen, Charlie est un type bien. » Un accident grave aurait mis Gary dans une situation épouvantable. « Tant pis », se dit Stephen et il tend un billet de cent dollars à Charlie qui refuse.

— Ah non, non, pas question, tu rigoles ? Non.

Stephen insiste : « mais non, je rigole pas, allez ». Et Charlie prend le billet, c'est à chaque fois le même cinéma. « Il faudra remettre ça, pense Stephen, il faudra lui faire beaucoup plus peur si on veut qu'il laisse tomber les charges. » Il tape sur l'épaule de Charlie :

— Merci, Charlie, je te recontacte, puis il se lève et s'éloigne.

On entend une voix : « Un, deux, un, deux, allez ! Allez ! On garde la cadence ! On ne faiblit pas ! » Il laisse passer un bataillon de femmes maigres, et Nelly Shine surgit dans ses pensées. Il sait ce qui l'attend, Nelly va ressurgir plus vociférante que jamais.

10.
Vengeance

Jim, l'associé de Gary, avait d'abord cru son ami. Un escroc leur avait piqué le nom du domaine, la bataille juridique sera longue. Néanmoins, par acquit de conscience, et parce que l'amitié et la confiance sont plus précieuses que tout, il avait voulu vérifier quelques détails par lui-même. Il ne fut pas long à découvrir que son ami l'avait roulé, il a déposé sex.com en son nom propre. Car désormais, Jim aussi se connecte sur sex.com, il passe d'un porno à l'autre, et les millions de dollars qui lui filent sous le nez l'empêchent de profiter pleinement de cet étalage de luxure. Contrairement à Gary, nous serons surpris d'apprendre que Jim a une sexualité qu'à une certaine époque on aurait qualifiée de perverse, mais le mouvement LGBT ayant fort heureusement emporté sur son passage toute négativité, il nous faut utiliser le terme «aseptisé d'alternatif». Plus jeune, il eut peu d'aventures heureuses, sauf une. Il avait même songé à se marier puis avait renoncé, une sorte d'instinct l'avait retenu, au grand dam de la promise. Il le regrette parfois et se prend à imaginer des enfants pataugeant dans une piscine en plastique entourée d'un jardin fleuri, habitant une maison identique à celle du voisin, avec une grande cuisine dans laquelle flotte le matin une odeur de pancakes, sans oublier le barbecue dans le garage pour les hamburgers du week-end entre amis.

Lorsque la mélancolie se fait trop présente, il passe une soirée chez Gary et Janet, et ses regrets se dissipent comme un mauvais rêve. Il n'est pas fait pour cette vie, il est très bien tout seul. Sa vie sexuelle se résume à un splendide travesti noir d'un mètre quatre-vingt-huit sans talons, qui vend ses charmes sur Hollywood Boulevard. Jim la fréquente depuis fort longtemps. Cela peut paraître surprenant, mais Jim et Louanda — c'est son nom — ont fini par devenir proches. De loin, Louanda a des formes féminines qui tromperaient un homme d'expérience.

De plus près, son visage à la mâchoire trop large et sa voix profonde éveillent de sérieux soupçons. Non seulement Jim paie les prestations sexuelles de Louanda, mais en plus, il aime l'emmener dîner, si bien que certains soirs, on peut voir — dans un de ses restaurants mexicains favoris — une transsexuelle couronnée d'une épaisse perruque, de cuissardes et d'une mini-jupe en cuir, dévorer des nachos face à un petit gros au regard vif et curieux. Étrange attelage qui pourtant ne semble pas surprendre outre mesure les autres clients. Jim apprécie le bon sens, l'intelligence et la franchise brutale de Louanda, il lui parle de Gary. Il raconte l'entourloupe et émet le désir de se venger. Louanda trempe une tortilla dans le guacamole et dit :

— Tu connais sa bonne femme ?

— Oui, Janet.

— Elle est comment ?

— Gentille. Ennuyeuse. Une petite bourgeoise comme il faut. Ils ont deux gosses.

— Il doit s'emmerder avec elle.

— Tout le monde s'emmerde avec elle. Mais je sais pas s'il s'en rend compte.

Jim demande à un serveur du ketchup. Il ne peut pas se passer de ketchup.

— On va lui dire que son mari va aux putes. Même si c'est pas vrai. Et si ça se trouve, c'est vrai, il fait comme toi.

— Comment on va s'y prendre ?

— Tu me donnes son numéro, et j'appelle…

— Tu ferais ça pour moi ?

— Je ferais n'importe quoi pour toi, mon chéri.

Jim commande deux nouvelles bières. Puis il corrige sa commande, Louanda préfère une téquila.

L'ambiance n'est pas la même à Temecula. Dans le restaurant favori de Bobby, Abigail et Nelly ne se parlent pas aussi joyeusement que d'habitude. Bobby le sent, il est nerveux, Nelly lui passe la main dans les cheveux pour le calmer, mais sa mère a des larmes plein les yeux. Il sait que quelque chose ne va pas même s'il est loin d'avoir compris ce que Nelly vient d'avouer à Abigail. Elle a perdu son travail, à cause de Stephen. Un licenciement sans solde, pour faute grave, le juge veut l'entendre, elle risque d'être accusée de complicité. Abigail lui conseille de prendre un avocat. Comment le payer ? Nelly a juste de quoi régler encore deux mois le centre de Bobby. Il commence à gémir, à taper sur la table. « Tout va bien, Bobby, tout va bien, pourquoi t'es nerveux comme ça ? »

Gary a toujours rêvé de se taper une maîtresse dans un motel discret, à la sortie de la ville, de jour, comme font les amants illégitimes au cinéma. Ils auraient droit au regard suspicieux du tenancier, ils disparaîtraient dans la chambre au décor poussiéreux, et la fille s'allongerait sur un dessus de lit élimé, ils passeraient quelques heures ensemble jusqu'à la tombée de la nuit. Ensuite, ils se rhabilleraient lentement en se promettant, sans conviction, de se revoir, et Gary rentrerait chez lui retrouver femme et enfants, comme si de rien n'était. C'est ce qu'il compte proposer à Wendy. Il l'a rejoint dans un bar, elle est déjà là, elle attend. La conversation s'installe difficilement, elle le laisse venir, elle savoure l'embarras de son courtisan. Gary est nul, il laisse des blancs dans la conversation, pose deux fois la même question, il est intimidé, nerveux, passe son temps à s'excuser comme un adolescent. Elle ne fait rien pour l'aider, « quelle garce », pense-t-il. Wendy commence à s'ennuyer, ça se voit à sa façon de remuer les glaçons fondus au fond de son verre. Pour éviter le fiasco complet, Gary se lance :

— J'ai envie de toi ! mais la musique couvre une partie de sa phrase, elle demande :

— Pardon ? et il est obligé de répéter :

— J'ai envie de toi !

— Ah bon ? dit la rousse qui ne viendra donc pas à son secours.

Alors Gary lui raconte son fantasme, le motel, les regards suspicieux et tout le reste.

— Qu'est-ce que t'en dis ?

— J'ai horreur de ces chambres crasseuses, ça me dégoûte. Je suis désolée.

— Tu préfères en ville ?

— J'en sais rien… oui. Invite-moi dans un palace, le Château Marmont ou un hôtel cinq étoiles. Réserve une suite, enfin, fais les choses bien.

— D'accord, tu as raison. Pardon, je disais ça comme ça.

Et Wendy se lève en lançant :

— Peut-être à un de ces jours.

Big Ben a revu Josy. Contre toutes les lois et les usages du métier de détective, il l'a rappelée. Pour savoir comment elle allait — elle avait fini par lui manquer — et parce qu'il se sent coupable. Josy, d'abord froide et distante, mais tellement heureuse, n'a pas tardé à accepter la proposition du grand détective : partir faire un tour dans les montagnes pour passer un week-end en amoureux dans une petite auberge. Pendant le trajet en voiture, la conversation est fluide et légère entre les deux amants, comme quand deux personnes sont heureuses de se revoir et veulent profiter de chaque instant. Et c'est ainsi qu'on apprend que Josy, après la rupture, s'est mise à lire Nietzsche, le grand philosophe allemand.

— Qui ?

— Nietzsche ! Tu connais pas ?

— De nom.

Et Josy de lui raconter pendant tout le trajet à quel point ces lectures l'ont aidée à comprendre tant de choses.

— On m'a déconseillé de commencer par *Ainsi parlait Zarathoustra.*

— Ah oui ?

— Ouais.

— Ce qui ne te tue pas te rend plus fort. Tu sais qui dit ça ?

— Nietzsche ?

— Gagné ! C'est chouette non ? Ce qui ne te tue pas te rend plus fort.

— Oui. Mais le type qui prend une mauvaise balle et, disons, il peut plus marcher. Il est pas plus fort. Il est pas tué, mais il est pas plus fort. Il peut plus marcher.

Josy n'avait pas pensé à cet aspect-là des choses et, après un moment de réflexion, elle parvient à transcender la pensée de Nietzsche et répond :

— Il est plus fort dans sa tête.

— Ah, dans sa tête, oui, peut-être, mais sinon…

— Non, mais là c'est difficile d'expliquer, il faut que tu le lises pour qu'on puisse en discuter. Je te montrerai une photo. Il avait une énorme moustache.

— Une énorme moustache ? D'accord.

Comme ils parlent philosophie, ils ne voient pas le temps passer et les voilà déjà arrivés à bon port.

À l'heure du dîner, Big Ben devance Josy pour lui laisser le temps de se préparer, il est attablé dans la salle de restaurant à moitié pleine, la saison touristique vient juste de commencer. La décoration oscille entre le chalet suisse et le saloon de western. Un crâne de bœuf surmonté de ses magnifiques cornes côtoie une pendule à coucou. Big Ben se félicite d'avoir si bien choisi l'endroit au moment où Josy fait son entrée. Elle porte une robe lamée fendue très haut, juchée sur des talons téméraires. Avec un culot de stripteaseuse, elle traverse la salle en fixant Big Ben et goûte les regards hallucinés des clients, elle s'assied puis croise les jambes pour dévoiler une cuisse dont on se dit qu'elle est encore bien jolie. Big Ben qui, par nature et déformation professionnelle, préfère se faire discret, ne la quitte pas des yeux.

— Tu es magnifique… Qu'est-ce que tu bois ?

— Champagne, répond Josy comme si c'était une évidence. Bientôt, les conversations feutrées reprennent dans la salle à manger de l'auberge. Si Josy a sorti le « grand jeu », c'est qu'elle a un service à demander à son amant.

Voici son plan :

— On va ensemble voir mon mari. Dans les îles Vierges, j'ai son adresse. Mon avocat a préparé les papiers pour le divorce. Il gagne un pognon fou avec son site porno. Il doit m'en donner, je l'ai entretenu pendant des années, maintenant c'est à son tour de raquer. Tu viens avec moi, tu m'accompagnes, c'est tout, tu dis rien, mais ça lui foutra les jetons. C'est un lâche. Il signe et on repart.

Josy lui demande ce qu'il en pense, Big Ben ne sait quoi répondre, mais pour ne pas gâcher la soirée, il lui promet d'y réfléchir.

11.
Un squash

À l'aube des années 2000, l'industrie pornographique est en pleine mutation. Les cinémas pornos de quartier ferment les uns après les autres, les sociétés de production et les studios se regroupent pour faire face aux sites Internet qui balaient sans pitié la concurrence. Parallèlement, un nouvel ordinateur portable Apple fait fureur, l'iBook G3. Ses concepteurs l'ont-ils imaginé le plus laid possible afin de ne pas passer inaperçu? Dans ce cas, c'est une réussite totale. Le modèle Palourde décline une gamme de couleur allant de mandarine à myrtille, créant ainsi une symphonie de tons inoubliables. C'est sur ce genre d'outil que de plus en plus de clients visitent sex.com et font gagner à la CME — la société de Stephen — beaucoup beaucoup beaucoup d'argent. Stephen est un des pionniers de cette révolution technologique. Les magazines spécialisés parlent de son incroyable réussite. Certes, il fait du porno, il ne sort pas d'une université prestigieuse, mais cela ne l'a pas empêché de saisir une belle opportunité. Il a été le premier à y penser et aujourd'hui il domine le marché. On étale sa fortune dans la presse, Stephen fait partie du club des millionnaires de la Tech. Un club voué à s'agrandir. Gary et surtout Jim, qui se sentent doublement floués, regardent cet étalage de millions avec une rage croissante. Ce qu'ils ne savent pas, c'est que l'instruction pour faux et usage de faux en cours n'est pas le seul souci de Stephen. Nelly Shine et Josy leur demandent respectivement des comptes, c'est-à-dire de l'argent.

Nelly est déjà en ville, elle a pris une chambre chez l'habitant, la moins chère possible. Elle ne cesse de téléphoner à Stephen qui fait le choix courageux de ne pas répondre. Il s'attend à la voir débarquer d'un moment à l'autre et donne des instructions pour qu'on ne laisse entrer personne. Avant de venir, Nelly a acheté un colt 7,65 millimètres. Il s'agit d'une toute petite arme qu'elle a glissée dans sa valise avant de l'enregistrer pour le vol à destination des îles Vierges. Il y a cinq balles dans le chargeur. L'armurier, un jeune type, doux, très patient, connaisseur et passionné, lui a bien expliqué comment fonctionne le colt. Elle a pris tout son temps dans le magasin, a écouté toutes les recommandations et tiré plusieurs fois à vide pour juger de la résistance de la gâchette.

« Il faut que vous l'ayez bien en main », lui a dit le jeune homme, « c'est important. Il faut que ça devienne presque naturel ». Ça a été son mot « naturel ». Nelly a eu l'impression d'acheter un instrument de musique. Puis, le vendeur lui a conseillé d'aller s'entraîner dans un stand de tir ou en pleine nature, « pour voir comment ça fait quand on tire de vraies balles, pour pas se laisser surprendre par le recul ». Elle n'a pas eu le temps de suivre son conseil. Dans sa chambre triste mais propre, elle prend le colt et se vise dans le miroir. « Comment j'ai pu en arriver là ? », se demande-t-elle pour la millième fois. Elle pense au regard perdu de Bobby, à sa sœur Abigail qui est si bonne, et se retient de pleurer, ses yeux sont suffisamment gonflés comme ça. Elle range son colt et se met en route pour la villa de Stephen.

Cette fois, c'est lui qui réalise le film. Le scénario est simple : un homme rentre chez lui et surprend sa femme avec un autre homme, le voisin de palier. Au lieu de laisser éclater son courroux comme le ferait l'écrasante majorité des maris trompés, il accuse un moment d'étonnement légitime mais succinct, avant de les rejoindre dans leurs ébats. Il n'y a pas de prise de son directe, l'ambiance et les gémissements seront postsynchronisés. Stephen peut hurler ses consignes aux acteurs : « Plus vite ! Moins vite ! Voilà, c'est ça… Maintenant, tu repasses derrière. », etc.

Une fois par semaine, les mardis, Gary joue au squash. Pas plus de quarante-cinq minutes parce que ça le crève. Sans compter que ce soir, en fin d'après-midi, il rejoint la jolie juriste à l'hôtel. Beverly Hills et Bel-Air Hôtels avaient été d'emblée éliminés, en plus d'être hors de prix, on risquait d'y croiser un visage connu. Toute la bonne société de Los Angeles fréquente à peu près les mêmes endroits, les terrasses sont toujours pleines de mauvaises surprises. Après une longue hésitation et quelques atermoiements, le *Luxe City Center Hotel* avait été retenu. C'est en chuchotant, pour que sa secrétaire ne l'entende pas, que Gary a réservé une *Deluxe Room*. Juste après avoir raccroché, il s'en était voulu de ne pas avoir choisi une *Junior Suite*. C'était fait. Ce sera une *Deluxe*. Si elle l'interroge, il dira qu'il n'y avait plus de suite disponible.

Tous les mardis, donc, à l'heure du déjeuner, il joue contre Bernie, dans un petit club situé à quelques rues du bureau. Les vestiaires sont exigus mais propres, les cours parfaitement entretenus. Durant la partie, Gary est mou. Il s'en excuse à chaque balle: «Pardon, je suis crevé, je suis pas en forme.» C'est qu'il se réserve pour tout à l'heure. Une fois dans le vestiaire, Bernie disparaît dans la douche. Un homme est assis sur le petit banc face aux casiers. Il est en peignoir, une serviette sur la tête, on ne voit pas son visage, on dirait un fantôme. Il ne bouge pas, les coudes posés sur les genoux, dans la position du sportif exténué qui récupère, on aperçoit ses deux mollets maigres et poilus. Gary s'assied sur le même banc, à moins d'un mètre. Bernie est toujours sous la douche. Deux hommes viennent de finir de s'habiller, ils attrapent leur sac de sport et sortent en discutant. L'homme à la serviette sur la tête et Gary sont maintenant seuls. C'est alors que des mots difficilement articulés viennent de sous la serviette:

— Laisse tomber, Gary! Laisse tomber.

— Pardon? Gary est terrifié. Il se lève. Ses jambes sont en papier, ses genoux le lâchent.

— Quoi?

Charlie retire sa serviette lentement et répète avec encore plus d'application:

— Laisse tomber les poursuites, Gary! T'as compris? Laisse tom-ber.

Gary hurle comme un gamin, un cri suraigu de jeune fille effrayée, un cri de lâche. Bernie, de la douche:

— Qu'est-ce que tu dis?

— Qui êtes-vous? Qui êtes-vous? hurle Gary. Charlie s'est levé, il s'avance lentement vers sa proie épouvantée.

— Laisse tom-ber ! Où il t'arrivera malheur ! T'as compris ?

Gary se protège avec son bras, cette vision de cauchemar est là, à quelques centimètres. Il glisse sur le sol humide et tombe sur les fesses comme un sac. Sa tête cogne un casier dans un bruit de ferraille. Il recouvre son visage en hurlant :

— Allez-vous-en ! Foutez-moi le camp ! Il entend la voix de Bernie :

— Qu'est-ce qui t'arrive mon vieux ?

Gary rouvre les yeux. Charlie a disparu. Il n'y a plus que Bernie, effaré.

— Il est parti ? Il est où ? Il est parti ?

— Qui ?

— Le mec-là, avec sa serviette ! C'est un monstre !... Un monstre.

Nelly sonne à la porte de la propriété de Stephen. Une sorte de carillon interminable se déclenche. Après de longues minutes, un maître d'hôtel mexicain au visage calaminé par une acné mal négociée, mais en livrée de majordome à la française, descend la volée de marches qui rejoint la grille principale.

— C'est à quel sujet ?

— J'ai rendez-vous avec monsieur Brenner.

— Vous êtes ?

Le maître d'hôtel prend le même ton précieux et hautain qu'Edgar, le majordome dans *Les Aristochats*, avec l'accent hispanique en plus.

— Nelly Shine.

— Je suis désolé, Madame, monsieur ne m'a pas prévenu, et j'ai pour instruction de…

Il s'interrompt, Nelly a sorti son colt et le menace à travers la grille.

12.
Le coup part tout seul

Il avait été convenu que la juriste rousse et Gary se retrouveraient dans le bar de l'hôtel avant de monter dans la chambre. Gary aurait préféré quelque chose de plus discret, on ne sait jamais, on peut tomber sur une connaissance, mais il avait craint que Wendy ne se sente humiliée de monter directement dans la chambre, comme une prostituée rejoint son client. Il a eu tort, ça lui aurait plu.

Gary arrive en avance. Il est tellement bouleversé qu'il s'est trompé d'une heure. Il boit un verre puis un deuxième pour se remettre de ses émotions. Ensuite, il téléphone à son avocat et lui raconte les deux tentatives d'intimidation, la voiture et le vestiaire. Le même type, défiguré, monstrueux, est venu le persécuter et cette fois, il a clairement dit « laisse tomber ». Il ne peut que s'agir d'une manœuvre de Stephen Brenner. Il faut porter plainte ! Maître Lijin l'écoute calmement. C'est une jeune femme menue, vive, végane, chinoise, précise, sinistre, alliance parfaite de l'efficacité asiatique et de l'ascétisme *new age* californien.

— Il y a des témoins ?

— Hein ?

— Est-ce que vous avez des témoins ? Si vous n'avez pas de témoins, je crains qu'on ne puisse pas faire grand-chose. La prochaine fois — il y aura peut-être une prochaine fois — arrangez-vous pour qu'il y ait des témoins.

— Comment voulez-vous que je m'arrange pour que…

Maître Lijin parle vite pour éviter qu'on l'interrompe :

— Je dois raccrocher, monsieur Katz. Je suis en réunion. Désolée. L'affaire suit son cours, ne vous inquiétez pas, vous avez de grandes chances de gagner ce procès, j'en suis certaine.

Et elle raccroche.

Gary referme brutalement le clapet de son téléphone Samsung GT et murmure : « connasse ! »

« Il y aura peut-être une prochaine fois. » Elle a raison. Il y aura une prochaine fois.

Il est assis dans un coin isolé, deux fauteuils bas en cuir se font face, séparés par une table basse circulaire. Il commande un nouveau whisky. La juriste apparaît, elle le cherche du regard. Des bas — ou des collants — « sûrement des bas », pense Gary — des petites bottines, une jupe moulante au-dessus des genoux, lorsqu'elle retire sa veste, on découvre un élégant top noir qui dévoile les bretelles de son soutien-gorge. Elle s'est coiffée genre « à la lionne » (Gary se demande si c'est bien sa couleur naturelle), bref, elle a fait un effort et c'est globalement réussi, mais néanmoins un peu trop ostentatoire au goût de Gary.

Il se lève pour l'accueillir, elle commande une coupe de champagne. Gary ne cesse de se pincer violemment la lèvre inférieure entre le pouce et l'index, son regard fiévreux semble guetter un ennemi invisible. Il force un sourire qui fait l'effet d'une grimace.

— Qu'est-ce qui ne va pas ?

— Rien, ça va. Et toi ?

— T'es tout pâle. C'est moi qui te fais cet effet-là ?

Le majordome mexicain a ouvert la grille de la villa sous la menace du colt de Nelly. Il marche lentement devant elle, les bras levés, ce que Nelly ne lui a pas demandé. Ils entrent dans le grand salon décoré au goût du pornographe. Nelly doit reconnaître que c'est super chic. Sa main tremble, elle exige du majordome qu'il la conduise jusqu'à son patron. Le Mexicain suggère plutôt de l'appeler pour le faire venir. « Pas question », répond Nelly.

Après avoir longé un couloir, ils descendent dans le studio de tournage, le majordome ouvre l'épaisse porte insonorisée.

— OK, mes chéris, super. On va faire les gros plans maintenant.

Nelly est face à trois acteurs, une femme et deux hommes. La femme se couvre d'un peignoir, les deux hommes sont totalement nus, leur sexe s'effondre rapidement à la vue de l'arme que brandit l'intruse.

— Stephen ! Il faut qu'on se parle.

— Nelly ? T'es folle ! Qu'est-ce que tu fais là ?

— Je viens de te le dire. J'ai besoin de te parler.

Stephen, oppressé par la peur, s'avance lentement vers Nelly qui recule.

— Pose cette arme !

— Non !

— Donne-moi cette arme… ne sois pas ridicule. Tu me donnes cette arme et on discute. Je te le jure.

— Si tu continues à avancer… je tire !

Stephen s'arrête.

Les acteurs tentent de se cacher comme ils peuvent, ils s'agglutinent dans un coin de la pièce. Un des techniciens fait tomber un projecteur en reculant, un bruit de ferraille explose et terrifie tout le monde. Nelly pousse un cri et tire un coup de feu. Sans le vouloir.

Dans la chambre Deluxe du City Center Hotel, les choses sont plus calmes. La jeune femme est allongée sur le lit, Gary a pu constater qu'il s'agit de *stay up* qui lui arrivent mi-cuisse, elle a gardé sa culotte scandaleusement échancrée et son soutien-gorge, un ensemble noir acheté pour l'occasion chez La Perla. Elle tourne le visage vers la fenêtre, le ciel est d'un bleu limpide. Gary est assis sur un fauteuil, il ne dit rien. La rousse regarde sa montre :

— Je vais y aller.

— Non ! Attends, laisse-moi encore une chance. Un quart d'heure, on attend un quart d'heure !

— Viens sur le lit, près de moi… plutôt que de rester tout seul sur ton fauteuil, elle dit cela d'une voix engageante sans parvenir à dissimuler son impatience.

— J'ai besoin de me reconcentrer ! Il m'est arrivé un truc atroce aujourd'hui, il faut juste que je… ça va aller.

— Si t'as besoin de te reconcentrer, lance-t-elle hautaine en s'allongeant de tout son long.

Gary a besoin de chasser de son esprit la vision épouvantable de Charlie. Il explique à la juriste qu'il tente d'appliquer une technique dont il a entendu parler :

— Les pensées négatives sont comme autant de graines qu'il faut planter dans un jardin imaginaire, et ces graines donneront de magnifiques fleurs. Il paraît que ça marche.

— Tu pourrais planter autre chose que des graines, mais enfin, tu fais comme tu veux, dit-elle en regardant sa montre. « Il est moins dix, à six heures pile, je décampe », pense-t-elle.

Les quelques secondes qui suivent le coup de feu sont étrangement silencieuses. Stephen regarde son corps, touche sa tête, son torse, ses jambes, il constate qu'il ne ressent aucune douleur, pas de trace de sang. Les autres font comme lui et tous se demandent où la balle a bien pu se loger. Un gémissement minuscule s'élève de derrière le canapé rouge, canapé sur lequel, deux minutes auparavant, le mari, sa femme et le voisin étaient intimement entremêlés. L'actrice, pelotonnée dans son peignoir, dit : « Rico ? » Rico retire sa main qu'il a collée sur sa fesse droite et découvre un flot de sang. Le gémissement devient hurlement :

— Ah putain ! Je suis touché ! Je suis touché ! Merde ! Je vais crever ! Je vais crever ! Vite ! Appelez une ambulance !

Nelly sursaute, elle semble s'éveiller d'un mauvais rêve.

Josy et Big Ben ont atterri à l'aéroport international de Saint Thomas, ils regardent défiler les bagages sur le tapis roulant avec cette légère anxiété commune à tous les voyageurs qui guettent l'apparition de leurs valises. Big Ben regrette d'avoir accepté, d'autant qu'il est sur une autre affaire, plus classique. Un employé a vidé le coffre d'un garage de luxe situé à Santa Monica. Il a emporté une assez belle somme. Le patron ne veut pas d'histoire avec la police, sa clientèle huppée n'a pas à savoir que la maison connaît ce genre de déboires. Il est déjà sur une piste, ce voyage avec Josy lui fait perdre deux jours inutilement.

13.
Le coup ne part pas

Gary, après avoir renoncé à faire de ses pensées négatives de magnifiques fleurs dans son jardin imaginaire, a tenté de se remémorer des scènes pornographiques : une fille attachée sur un lit, fouettée avec un martinet, deux lesbiennes se caressent dans la cabine d'un camion, un homme se fait méchamment torturer par une dominatrice toute de cuir vêtue. En vain, le visage tronqué surgissant de sous la serviette ne laissait pas de le hanter. La jolie rousse se rhabille dans le silence sous le regard désespéré de son hypoamant. Il a beau lui expliquer qu'il est persécuté par un monstre, menacé de mort par un épouvantable malfrat, impliqué dans une histoire atroce, la rousse réajuste sa jupe, enfile ses bottines, se recoiffe rapidement devant le miroir en pied du couloir de la chambre et lance, avant de sortir, un humiliant : « Merci, Gary, c'était super. » Au moment de sortir, elle pense « quel con ! », mais par charité, garde pour elle ce jugement négatif.

Sur le chemin du retour, Gary se console en goûtant la satisfaction hypocrite d'avoir été fidèle à son épouse adorée. Il gare sa voiture dans le garage, jette un coup d'œil dans le rétroviseur de sa Nissan pour s'assurer qu'il avait retrouvé quelques couleurs et entre dans sa maison. Janet, son épouse dévouée, est effondrée sur le canapé du salon. Gary pense tout de suite au monstre, il est venu jusque dans sa maison pour persécuter sa famille.

— Qu'est-ce qu'il y a ? Janet, qu'est-ce qui se passe ?

Et entre deux sanglots, elle répond d'une voix rageuse :

— Louanda a téléphoné !

— Qui ?

— Louanda ! Louanda ! hurle la pauvre Janet, défigurée par la colère et le malheur.

Rico fut emmené à l'hôpital où l'on constata que la balle avait entamé sa fesse gauche. Elle n'avait fait que passer, taillant une belle encoche qui laisserait, à n'en pas douter, une cicatrice visible. Nelly avait voulu s'enfuir, elle fut retenue par le majordome mexicain, la police fut prévenue, Nelly fut arrêtée et conduite au poste de police de Beverly Hills.

Le policier presque obèse qui l'interroge a l'air de s'ennuyer, il a un visage doux et tranquille. Il lui parle lentement, comme à une folle. Les questions s'enchaînent, Nelly répond. Elle pense à Bobby, elle n'a jamais raté une visite et c'est après-demain. Elle explique qu'elle ne voulait faire de mal à personne, juste menacer Stephen Brenner qui lui doit de l'argent. Enfin, il ne lui doit pas d'argent, mais il est en procès et il lui a promis de l'argent… Ses explications sont confuses, entrecoupées de sanglots, d'excuses, de remords, le policier renonce à taper une déposition, il est tard. Elle est en état d'arrestation, elle va passer la nuit en cellule, demain, le juge décidera de son sort. On lui signifie qu'elle a droit à un coup de téléphone, elle choisit d'alerter sa sœur, Abigail. C'est un coup de fil pour rien, au moment où Abigail décroche, Nelly fond en larmes, incapable de tenir un propos cohérent. Abigail lui conjure de se calmer, en vain. Nelly finit de pleurer dans une cellule.

Stephen aussi est interrogé, il ment, prétend que Nelly est une maîtresse jalouse, une folle. Il peut rentrer chez lui, il sera convoqué par le juge.

Big Ben et Josy ont pris un hôtel moyen, à quelques kilomètres de la maison de Stephen. Ce matin, ils iront voir Stephen pour lui faire signer les papiers du divorce. Le marché est simple, Josy lui demande 20 millions de dollars pour disparaître de sa vie. Big Ben n'arrive pas à croire qu'on puisse gagner tant d'argent avec un site pornographique. Il sait qu'il prend le risque de perdre sa licence de détective si quiconque apprenait qu'il est lié, d'une façon ou d'une autre, à la femme de Stephen. Donald Banks, son patron, le mettrait à la porte sur le champ. Voilà à quoi pense Big Ben ce matin, en regardant Josy se laver les dents énergiquement. Il la préfère comme ça, au naturel, nul besoin de s'apprêter comme une poupée, il est sur le point de lui dire puis il renonce. Elle ne comprendrait pas. Josy n'abdiquera jamais, elle sera stripteaseuse jusqu'à son dernier souffle. Mais est-ce qu'il l'aime ? Est-ce qu'il est amoureux au point de prendre ce risque ? Peut-être. Peut-être pas. Ainsi sont les hommes qui jurent amour, dévotion et fidélité éternelle et le lendemain, rêvent de s'enfuir pour échapper aux promesses de la veille. Il profite que Josy se rince la bouche :

— Je sais pas si je vais venir avec toi.

— Quoi ?

— Je vais rester dans la voiture, plus loin. Il faut surtout pas qu'il me voie.

— Ben si. Il faut qu'il te voie. Il faut lui foutre les jetons. Tu risques rien, c'est un lâche !

— Il va comprendre que je suis ton amant. C'est très mauvais pour le divorce.

— T'as peur ?

— Non, j'ai pas peur. Je pense qu'il faut être prudent.

Et la conversation tourne au vinaigre, ce qui n'est jamais une bonne chose avec Josy. Big Ben hésite à tout lui dire, qu'il est un détective privé, qu'il s'est servi d'elle. Mais le moment est mal choisi.

Gary n'a pas dormi de la nuit. La veille au soir, il a utilisé toutes les armes de la persuasion à sa disposition pour convaincre Janet qu'il ne fréquentait pas de travesti noir nommé Louanda. Il a même affirmé avec un accent de sincérité : « mais comment tu peux imaginer que je te trompe ? ». Janet a pleuré, crié, l'a cru, ne l'a plus cru, l'a cru à nouveau. Elle est revenue sans cesse sur cette question à laquelle Gary n'a pas de réponse : « Alors, si c'est pas vrai, pourquoi Louanda a appelé à la maison ? Comment elle a le numéro ? Et pourquoi elle a dit : changement de programme, lundi, on se retrouve à 18 h 30 chez Popey's, à l'angle de Hollywood et de Cahuenga Boulevard ? »

Et Gary, abattu et impuissant, a répondu : « J'en sais rien, c'est une blague… une erreur, j'en sais rien. »

Janet s'est reprise pendant le dîner devant les enfants. Pour expliquer sa mine piteuse, elle a prétexté un terrible mal à la tête, « ça va passer, ne vous inquiétez pas ». Une fois dans le lit conjugal, Gary a proposé qu'ils aillent ensemble chez Popey's, à 18 h 30, lundi prochain, Janet pourra constater par elle-même qu'il n'y a pas de Louanda dans la vie de son époux. Elle a accepté. Ils sont restés serrés l'un contre l'autre, comme deux jeunes amants épuisés par leur première querelle.

Janet se demande ce qu'on peut bien faire avec un travesti, et il se peut que son imagination trouve quelques réponses. Ce n'est pas sans effet. Par quelques frottements équivoques, elle fait comprendre à son mari ses intentions coupables. Gary récupère la vigueur qui lui a manqué quelques heures plus tôt, et Janet est plus délurée que d'habitude. Il est même probable qu'elle jouisse.

Stephen aime bien prendre son petit déjeuner au lit, il trouve que ça fait chic, et c'est exactement ce qu'il est en train de faire lorsque son majordome mexicain frappe à la porte de sa chambre.

— Oui ?

— Une dame est à la grille. Elle demande à vous voir.

— Encore une dame ? Une dame comment ?

— Elle prétend être votre femme répondant au prénom de Josy.

Stephen laisse tomber son bras sur le plateau et renverse son café sur les draps.

— Oh putain, c'est pas vrai !

Il y a du vent ce matin à Los Angeles, et la coiffure de Josy en souffre. Lorsqu'elle entre dans le salon où l'attend Stephen, il remarque tout de suite l'étrange construction que les bourrasques ont modelée sur le crâne de son épouse. Elle ne semble pas s'en soucier, elle va droit au but et tend les papiers à son mari. Il les parcourt avant de s'étrangler.

— 20 millions ? Où veux-tu que je trouve 20 millions ?

— Tu gagnes ça tous les mois, il paraît. Et puis t'as qu'à vendre ta maison. Je m'en tape, tu te débrouilles.

— Attends, ma petite pépé, je crois qu'il y a une méprise. Assieds-toi et discutons, tu veux bien ?

— Te fous pas de ma gueule ! Je suis pas toute seule, Stephen… Et après un temps qu'elle veut théâtral, elle ajoute : j'ai des amis.

— Quoi ? Qu'est-ce que ça veut dire : j'ai des amis ?

— J'ai des amis !

— Moi aussi, j'ai des amis, on a tous des amis. C'est quoi ? Une menace ?

— Regarde par la fenêtre, tu vas voir une voiture.

— De quoi tu me parles ?

— Va voir !

Le salon ne donne pas sur la rue, mais sur une grande terrasse protégée par un auvent. Stephen doit sortir sur le palier de sa villa pour apercevoir la route. Il y va, suivi de Josy. Personne. Big Ben, qui avait pour mission d'attendre dans la voiture, bien visible devant la grille, est allé se garer à l'angle de la prochaine rue, si bien qu'il est impossible de voir son véhicule.

— Ils sont où tes amis ?

Après un court instant, Josy répond :

— Ils sont allés chercher d'autres amis pour te péter la gueule si tu me donnes pas 20 millions !

L'heure tourne, Stephen doit se rendre chez le juge, il connaît Josy, il sait qu'il n'y a que deux façons de s'en débarrasser quand elle est dans cet état : le meurtre (option qu'il considère) ou céder sur tout sans discuter. Il signe les papiers, promet de verser 20 millions de dollars en quatre fois, comme l'exige le document rédigé par l'avocat, puis lui demande de partir sur-le-champ. Josy se retrouve seule devant la grille au moment où la voiture de Big Ben déboule pour la prendre.

— Espèce d'enfoiré ! Pourquoi tu t'es barré ? hurle-t-elle en entrant dans la voiture.

Big Ben démarre en trombe.

— Je t'ai dit, il doit pas savoir que tu as un amant !

— On s'en fout ! Il a signé cet enfoiré ! Il a signé ! Je suis riche !

14.
Sur le ventre

Nelly passa la nuit en prison, rongée par une angoisse épouvantable. Elle est libérée au petit matin, quelqu'un est venu payer la caution. Avant de sortir, on lui annonce qu'elle doit rester à la disposition de la justice, elle sera convoquée dans les jours qui viennent, elle risque vingt ans de prison pour tentative d'assassinat. Elle devrait d'urgence prendre un avocat. Nelly monte dans un taxi pour aller récupérer ses affaires à l'hôtel, elle n'a plus la force de pleurer, elle ne pense qu'à une chose, son rendez-vous raté avec Bobby, elle ne désire qu'une chose, sentir les grosses pattes de son fils lui tomber dessus comme un cadeau du ciel.

Stephen, après être passé au poste de police payer la caution de Nelly, est allé rendre visite à Rico. Il entre dans la chambre d'hôpital avec, en guise de cadeau, un paquet de cookies ultra-caloriques. L'acteur, sous perfusion, est allongé sur le ventre, son fessier ainsi libéré du poids de son corps est offert aux visiteurs. Cette position humiliante n'est pas pour apaiser sa rage.

Stephen entre :

— Eh bien, ça a l'air d'aller mieux !

— Tu te fous de ma gueule ? Elle aurait pu me tuer !

— Je sais, je suis désolé.

— T'es désolé ? Elle aurait pu me tuer, bordel !

— Oui, elle aurait pu te tuer, mais elle t'a pas tué. Tiens, je t'ai apporté ça.

Et il pose brutalement le paquet sur la minuscule table de nuit déjà passablement encombrée, si bien que le téléphone tombe, le récepteur en plastique se disloque en heurtant le carrelage.

— Merde !

— Putain, t'as pété mon téléphone !

— Mais non, mais non, c'est rien du tout.

Stephen ramasse le combiné, en secouant le récepteur il entend à l'intérieur un cliquetis préoccupant. Il appuie plusieurs fois sur le loquet du socle pour s'assurer qu'il y a encore une tonalité, rien. Le téléphone est bien cassé.

— Ça marche très bien, confirme Stephen, en reposant le tout sur la table.

— C'est qui cette dingue ?

— Une amie, une folle, mais pas méchante, je vais payer pour tout, t'inquiète pas. Je prends les frais d'hôpital à ma charge. C'est normal.

— J'ai porté plainte. Je pourrais peut-être plus tourner à cause de ma cicatrice, elle va raquer la dingue, c'est moi qui te le dis.

Stephen a beau lui expliquer que Nelly ne risque pas de raquer quoi que ce soit, elle n'a pas d'argent, s'il porte plainte, il va juste l'envoyer en prison encore plus longtemps, et elle ne mérite pas ça.

— Elle mérite pas ça ? crie plusieurs fois Rico qui ne laissera pas passer l'occasion d'être dans son bon droit.

Il continue de vociférer, mais rien de ce que l'on peut dire n'est crédible quand on est contraint de rester allongé sur le ventre, le cul en l'air ; Rico donne l'impression de se tortiller comme un ver coincé sous une semelle. Stephen a bien du mal à en placer une et ressort de l'hôpital totalement déprimé. La journée a été coûteuse : le contrat de divorce de Josy signé à la va-vite, la caution de Nelly payée quelques heures plus tôt et le risque de tout perdre, car, maintenant c'est certain, Nelly va parler au juge des faux de la Network Solutions et de tout le reste. Stephen devra trouver un compromis avec elle. Il devra aussi convaincre Rico de renoncer à sa plainte, mais pour ça, il a déjà une idée.

Remontons dans le temps pour accompagner Josy et Big Ben dans leur voyage de retour à Los Angeles. Josy, son contrat en main dûment signé lui promettant un divorce et 20 millions de dollars, avait réussi son coup de bluff, elle aurait accepté sans hésitation un arrangement quatre fois moins onéreux pour son mari. En voiture, sur le chemin de l'hôtel, elle avait alternativement traité Big Ben «d'enfoiré pourri de putain de lâche» et hurlé «je suis riche! Je suis riche! Merde, je suis riche!», le tout en proie à une hystérie peu coutumière qui ne manqua pas d'effrayer Big Ben. Dans la chambre, le calme et la raison une fois revenus, Josy et son amant eurent une conversation des plus pénibles. Le détective avait pris la décision de rompre, il lui sembla que le moment était bien choisi.

Erreur.

Tout en se préparant pour aller à l'aéroport, le détective annonça:

— Il faut qu'on se parle.

De la salle de bain — où Josy réunissait ses très nombreuses affaires de toilettes, maquillage, crèmes, lotions, pommades et tout ce que l'industrie cosmétique offrait comme produits rajeunissant — cria:

— Je t'écoute.

— On va pas pouvoir continuer tous les deux.

— Quoi? répondit-elle en passant une tête avec le regard mauvais du combattant déterminé à vendre chèrement sa peau.

— Je suis détective privé, j'ai enquêté sur ton mari, etc., etc., il raconta tout.

Josy hurla, vociféra, chercha quelque chose à balancer à la figure du traître, trouva une bible (ils étaient descendus dans un hôtel respectable), puis s'effondra en sanglots.

— Il faut que tu comprennes, dit Big Ben en s'agenouillant auprès de la pleureuse.

— Tu m'as jamais aimée, répondit celle-ci avec un accent de tragédienne.

— Mais si, bien sûr que si, objecta le grand détective.

L'heure du vol approchait, cette scène, sombre et cruelle, prit fin. Assis l'un à côté de l'autre pendant tout le voyage de retour, Josy se drapa dans une dignité muette, comme l'exigeaient les grandes douleurs. Big Ben la regardait, abattu par la peine qu'il venait de causer. Il fut surpris de constater, en regardant les mollets encore bien galbés de son ex-maîtresse, qu'il avait envie d'elle. Au moment de se séparer, Josy n'avait pas l'intention de gratifier son «gratte-ciel» du moindre regard. Celui-ci l'arrêta et lui dit:

— Une dernière chose Josy, méfie-toi, c'est pas parce qu'il a signé le contrat qu'il va payer.

«Le salaud, pensa-t-elle, il réussit à gâcher ma joie!»

15.
Popey's

Popey's est un endroit vaste et sombre, oublié le long d'un boulevard fort peu fréquenté, idéal pour les rendez-vous discrets. L'endroit a connu un âge d'or, dans les années 80, Jack Nicholson et Warren Beatty y avaient leurs habitudes. Les murs des escaliers qui descendent aux toilettes sont couverts de photos des vedettes hollywoodiennes qui ont honoré Popey's de leur présence. Ces temps sont révolus, le restaurant — c'est plutôt un *dinner* — peine à retrouver une clientèle aussi prestigieuse. Lorsque le soleil de Los Angeles brille de toute sa force, les clients mettent quelques instants à s'accoutumer à la pénombre de l'entrée. Au centre, une salle principale, comme un atrium, accueille les clients qui veulent déjeuner, des tables rondes et des chaises inélégantes, genre mobilier de ranch, sont disposées à équidistance les unes des autres. Tout autour, il y a ce que les Américains appellent des *booths*, ou cabines, deux banquettes face à face séparées par une table, elles offrent toute la discrétion nécessaire à ceux qui la souhaitent. Des serveuses habillées en garçon de café parisien sillonnent l'établissement pour répondre aux commandes, le sol est légèrement graisseux, il arrive qu'une souris affolée se précipite d'un abri à un autre en priant pour ne pas être repérée. La carte propose une liste de plats bien trop longue pour inspirer confiance et les cocktails, d'une couleur éclatante, sont toujours servis avec force décorations, pailles, petites ombrelles, rondelles d'orange et autres accessoires superflus.

Il est dix-huit heures, Gary et Janet entrent sans pouvoir réprimer un air de dégoût. Gary aimerait bien se débarrasser de cette corvée le plus rapidement possible. L'endroit est encore assez vide, ils s'installent dans une cabine qui offre une vue sur l'entrée de l'établissement. Janet est pincée, mal à l'aise, elle commande un thé, Gary un Sprite. Une table de joyeux drilles dînent, ils ne cessent de trinquer, ils semblent fêter une bonne affaire, « des représentants ou des vendeurs de bagnoles », se dit Gary. Les commandes arrivent, Janet ne touche pas à son thé, c'est à peine d'ailleurs si elle le voit, elle a gardé ses lunettes de soleil (sans doute pour rester incognito), l'opacité des verres ajoutée à la pénombre ambiante la rendent quasiment aveugle. Gary est nerveux, il regrette d'avoir proposé à sa femme de venir avec lui, il pressent comme une catastrophe. Il faut préciser que Gary avait commis l'erreur fatale de raconter sa mésaventure à Jim. Le coup de fil de Louanda, la crise de nerfs de Janet et le reste. Jim avait félicité Gary pour son initiative, c'était une excellente idée d'aller chez Popey's avec Janet, voilà qui mettra fin à la querelle une bonne fois pour toutes. Louanda avait accepté d'honorer son rendez-vous avec Gary et un peu avant dix-huit heures, elle attend que Jim vienne la chercher sur le boulevard où elle tapine. Il la repère rapidement, cuissardes en skaï rouge, bustier noir, et perruque blond platine. Pendant le trajet qui les conduit chez Popey's, Jim a le temps de lui décrire son associé Gary avec précision. La voiture ralentit devant chez Popey's, elle descend et pousse la porte de l'établissement.

Un travesti aussi flamboyant ne peut pas faire une entrée discrète, aussi celle de Louanda est impériale.

— Bonjour mes chéris, lance-t-elle aux deux jeunes filles du vestiaire. Je ne peux rien vous laisser, si j'enlève quelque chose, je suis à poil.

— C'est pour dîner ? lui demande un chef de rang empressé et inquiet.

— Non, j'ai rendez-vous mon chou, merci.

Le chef de rang accompagne Louanda dans le couloir qui mène à la salle principale. Elle marche lentement et se déhanche comme une star des podiums. Une fois dans la salle, elle repère vite le couple Gary/Janet recroquevillé au fond d'une cabine. Elle n'a pas le temps de s'approcher, les représentants fêtards se mettent à chahuter, héler, siffler, pour accueillir le phénomène comme elle le mérite. Le plus remuant tape sur la table et hurle comme le loup de Tex Avery, Gary s'inquiète. Louanda ne peut ignorer les acclamations et fait plusieurs tours sur elle-même pour que ses admirateurs prennent l'entière mesure de sa magnificence.

— Comment tu t'appelles ma beauté ? crie l'un d'eux.

— Louanda ! Je suis ton plus beau rêve, chéri. Je te plais ?

Janet soulève ses lunettes et voit une immense créature hybride prendre des poses de star devant un parterre de clients excités. Gary n'a plus de sang au visage. Louanda, juchée sur ses plateformes, s'approche en fixant le mari de Janet.

— Il est là mon gros cochon ! Ben t'es pas tout seul ? À trois, chéri, ça me plaît aussi.

— Qui est-ce ? murmure Janet.

— Comment, qui c'est ? Ben c'est Louanda, il t'a pas dit comment je m'appelais ?

— Louannnnda ! clament les fêtards, conquis.

Janet se lève, elle traverse la salle sous les quolibets des joyeux drilles. Dans son empressement, elle glisse sur le sol graisseux et s'affale piteusement. Les fêtards accompagnent la chute d'un « olé » espagnol. Louanda regrette déjà d'infliger cette humiliation à une femme qu'elle ne connaît pas. Elle aide Janet à se relever, celle-ci se dégage et lui interdit de la toucher. Gary est debout, impuissant et vaincu, il suit sa femme et les voilà de nouveau sur le trottoir, assaillis par la lumière aveuglante. Janet n'y voit plus rien, sa tête tourne, elle veut disparaître à jamais, elle a perdu une chaussure en tombant, son genou est écorché. Gary n'arrive plus à parler. Ils restent un instant sans réaction. Jim, caché dans sa voiture, les observe. Lui n'a aucun remords, juste un peu de peine pour Janet qu'il devine décomposée. Un taxi passe, Gary lève le bras, la voiture ne s'arrête pas. Le couple s'éloigne lentement, elle en claudiquant, lui en guettant un nouveau taxi. À l'intérieur, Louanda fait, sans conviction, encore un peu l'imbécile pour amuser les noceurs dont le plus dessalé devient entreprenant, il commence à la tripoter et veut l'inviter à danser.

— Je suis trop chère pour toi, chéri ! Louanda le repousse fermement.

— Pour qui tu te prends, salope ? crie le cavalier désappointé qui rebondit sur une chaise. Louanda s'éclipse.

Une fois dehors, elle cherche Jim du regard, il lui fait un signe de la main, le pouce levé comme pour dire « mission accomplie ».

Le couple a enfin trouvé un taxi. Sur le chemin du retour, Janet sanglote tristement. Gary se décide à tout lui raconter, le site sex.com, les procès qu'il intente à Stephen Brenner et les intimidations successives dont il est la victime. Car Gary en est convaincu, c'est encore un coup de son rival. Janet n'entend pas, n'écoute pas, elle voudrait être morte.

16.
NBC

Rico montre sa cicatrice, une balafre transversale sépare sa fesse droite en deux.

— De ce côté, ça te fait deux quarts de fesse, dit Carla Saint Germain, une actrice porno qui possède quelques notions de géométrie.

— Je peux toucher ?

— Si tu veux.

Et elle passe sa main sur la cicatrice.

— Ça va être génial, conclut-elle.

Stephen vient de proposer à Rico de devenir la vedette d'une série intitulée *Le Balafré*. Le principe est simple, donc excellent : Le Balafré s'introduit chez des mères de famille ou des jeunes femmes célibataires pour leur faire découvrir ce qu'est un homme, un vrai. S'il y a un mari, il est endormi ou dans la pièce à côté ou sur le point d'arriver, ce qui devrait ajouter du suspense. Considérons également le cas des femmes qui partagent un appartement avec des colocataires très ouvertes d'esprit. Dans tous les cas de figure, quand elles découvrent la balafre, leur désir est décuplé, car la réputation du Balafré le précède partout où il se rend.

— *Le Balafré* est une sorte d'Arsène Lupin du cul, conclut Stephen.

— Il pourrait s'appeler Arsène Cupine ! dit Carla St Germain qui glousse longtemps tant elle apprécie son humour.

En échange de cette promotion, Rico a laissé tomber sa plainte contre Nelly.

— Tu sais quoi ? C'est ta chance, cette cicatrice. On va faire un tabac !

— Tu vas en parler demain à la télé ? demande Carla St Germain.

— Peut-être pas en détail, mais je dirai qu'on a des nouveautés.

Car demain Stephen est un des invités de *Today*, l'émission matinale de NBC.

Quel chemin parcouru depuis ce jour où, vautré sur son canapé, il avait entendu dans cette même émission un journaliste parler d'Internet, c'était il y a six ans seulement. Il avait alors eu l'idée de déposer sex.com, on connaît la suite.

Stephen est convoqué deux heures avant la prise d'antenne, à six heures du matin. Il a pris un avion la veille, est descendu dans son hôtel habituel. Un assistant vient le chercher. Stephen est nerveux, il a mal dormi, il a le trac. Quand il arrive au studio, il est pris en charge par une batterie d'assistants et d'assistantes qui semblent se croiser avec affairement, sans but précis.

— Vous êtes Stephen Brenner ? Le pornographe ?

— Euh… oui.

— Bonjour, comment allez-vous ? Merci d'avoir répondu à notre invitation. Suivez-moi.

Il obéit. Jusqu'à ce qu'il croise un nouvel assistant.

— Voilà, je vous présente Ray, il va vous conduire au maquillage.

— Bonjour, comment allez-vous ? Merci d'avoir répondu à notre invitation. Et Ray précède Stephen dans de longs couloirs infinis.

Le talkie de Ray crachote, il répond :

— Oui ?… Oui… Brenner ? Le pornographe ? Oui, il est là, je l'emmène au maquillage… Oui, je lui dis, OK… (Il raccroche son talkie à sa ceinture.) Vous passerez en deuxième invité. Ted vous posera des questions sur votre site, comment ça fonctionne, combien ça rapporte, et tout ça. En revanche, il faut rester discret sur le contenu. C'est une émission de grande écoute. Principalement des femmes.

— D'accord, répond docilement Stephen.

— À tout à l'heure. Ça va être génial.

Arrivé à bon port, on l'assied face à un miroir, puis on lui glisse des mouchoirs en papier dans le col de sa chemise pour éviter que la poudre et le fond de teint ne la salissent. Il reste ainsi tout seul quelques longues minutes. Le journaliste vedette, Ted, entre et reste derrière Stephen, il s'adresse à son reflet.

— Bonjour, comment allez-vous ? Merci d'avoir répondu à notre invitation.

— Je vous en prie.

— Alors, vous passerez en deuxième invité, on va parler de votre site, vous nous raconterez comment vous avez eu l'idée, combien ça vous rapporte, si ça marche, depuis quand, etc. En revanche, on fera juste des allusions au contenu.

— Oui, on m'a dit.

— Il faudra éviter de parler de pornographie proprement dite, c'est une émission principalement regardée par des femmes, 30-60 ans, beaucoup de mères de famille qui n'ont rien d'autre à foutre que regarder la télé le matin, mais si on peut éviter de les bousculer, ça m'arrange, sinon j'ai deux tonnes de courriers le lendemain et je me fais engueuler par mon boss. Pour l'interview, y aura moi et Lisa, qui présente la rubrique *People*. C'est bon ?

— C'est bon.

— À tout à l'heure, ça va être génial.

Ted est déjà reparti.

Une heure plus tard, sur le plateau : Lisa — qui ressemble probablement à la mère de famille idéale mais en plus glamour — se tourne vers Ted et dit d'un air coquin : « Vous allez sur le site sex.com, Ted ? »

Ted fait semblant d'être surpris et amusé, il jette un discret coup d'œil sur sa fiche sur laquelle sa réplique est notée : « Je ne parlerai qu'en présence de mon avocat », des assistants face au public lèvent des panneaux avec inscrit « Rire ».

Lisa sourit et revient face caméra :

— Juste après la pub, nous accueillerons Stephen Brenner… On ne vous en dit pas plus.

Ted enchaîne :

— On se retrouve après le *break*. Restez avec nous. Les assistants lèvent les panneaux « Applaudissements ».

Une voix résonne sur le plateau : « On n'est plus à l'antenne. »

Stephen est conduit sur le canapé, on s'assure que son micro est bien placé, les maquilleuses font les derniers raccords sur les visages transpirants des deux présentateurs. Ils ignorent Stephen qui est de plus en plus mal à l'aise.

Après de longues minutes, un décompte, 3, 2, 1. Une lumière rouge s'allume au-dessus d'une énorme caméra.

— Bienvenue, vous êtes sur NBC, je suis Ted.
— Bonjour, je suis Lisa, et vous êtes sur NBC.

Josy regarde *NBC Today*. De temps en temps, après son petit-déjeuner, il lui arrive d'allumer son téléviseur, ça fait comme une présence. Elle continue à lire la rubrique financière et réfléchit déjà aux fructueux investissements qu'elle fera avec ses 20 millions de dollars. Son avocat est formel, Stephen a signé, il sera obligé de payer.

— Stephen Brenner, bonjour.

— Bonjour.

— Vous êtes le créateur du site sex.com, s'il y a des enfants, éloignez-les ou baissez le son…

Panneaux « Rires ».

Josy, au contraire, monte le son et découvre Stephen, mal à l'aise, maquillé et coiffé comme une poule.

Les présentateurs commencent l'interview. Ils attaquent Stephen sans pitié.

— Monsieur Brenner, pourquoi de la pornographie ? Vous pourriez faire des programmes éducatifs pour les enfants ou quelque chose d'utile pour la communauté. Vous trouvez ça bien la pornographie ?

Stephen comprend qu'il est tombé dans un piège. Il est toujours meilleur dans l'adversité, il se décontracte :

— Je n'oblige personne à aller sur mon site. Sex.com, ça dit bien ce que ça veut dire, les gens sont prévenus, ils ne peuvent pas y aller par hasard.

Lisa enchaîne avec un air grave et concerné :

— Vous ne trouvez pas que c'est dégradant pour la femme ?

— Les actrices qui tournent dans mes productions sont très bien payées, mieux que les hommes souvent, c'est à elles qu'il faut demander si c'est dégradant. Vous devriez les inviter, je vais vous donner des contacts.

Pas de panneaux « Rire », et pourtant quelques rires dans le public.

— Vous gagnez beaucoup d'argent ?

— Je ne sais pas ce que vous entendez par beaucoup. Combien ça paie de présenter *Today* sur NBC ?

— Pas tant que ça, vous seriez déçu.

Le type aux panneaux ne sait pas très bien s'il doit montrer le panneau « Rire ».

— Vous êtes en procès, n'est-ce pas ? Je me trompe ?

— Non, c'est exact.

— Quelqu'un d'autre prétend être le détenteur du nom sex.com.

— Je suis comme Ted, je ne parlerai qu'en présence de mon avocat.

Quelques rires francs, sans panneaux.

Janet est le cœur de cible de l'émission *Today*. Elle découvre le visage de Stephen dont son mari lui a parlé et qui serait, soi-disant, l'auteur de cette épouvantable mise en scène avec Louanda. Depuis ce jour funeste, Gary a quitté la maison conjugale, il s'est installé au centre-ville, près du bureau, dans un petit deux-pièces meublé. « Et s'il disait la vérité », pense Janet. Ce Stephen est vulgaire, arrogant, il serait bien capable d'une ignominie pareille. Elle appelle son mari, il ne répond pas.

Applaudissements. Pub.

Josy éteint le poste. Elle ne peut s'empêcher d'être fière de son mari, il s'est bien défendu face à ces hypocrites. Elle appelle Big Ben pour lui raconter. Ils ne se voient jamais — elle refuse catégoriquement — en revanche, elle passe son temps à l'appeler pour lui raconter tout ce qui lui arrive. Big Ben a accepté cet étrange arrangement et lui parle toujours avec beaucoup d'affection. Il sent quelque chose vibrer dans sa poche.

« C'est sûrement Josy », songe-t-il.

Il est incapable de glisser la main dans la poche de sa veste pour attraper son Nokia 3310, le dernier bijou électronique sur le marché. Big Ben est allongé sur le dos, une flaque de sang s'étale doucement sous lui, il sourit en imaginant le message de Josy, elle râle à chaque fois qu'il ne répond pas.

« Oui, c'est moi, pourquoi tu réponds pas ? T'es où ? Appelle-moi vite, j'ai un truc incroyable à te raconter. Bye. »

17.
Le jeu

Un employé indélicat avait vidé le coffre du garage de luxe Monica Motors, situé au 5248 San Vicente Boulevard à Santa Monica. Un an auparavant, il s'était laissé séduire par April, une jeune fille aux allures de Jean Seberg. Subjugué par le regard innocent de sa maîtresse et afin de combler ses goûts de luxe, l'employé avait emprunté d'importantes sommes d'argent dans l'intention de multiplier sa fortune en jouant. Son stratagème n'ayant pas fonctionné comme prévu, ses créanciers — des amis d'April — lassés d'attendre, lui avaient suggéré de se servir dans le coffre de son employeur, auquel il avait accès, afin de les rembourser. Jackson, c'était son nom, avait trouvé dans ledit coffre quarante mille dollars en liquide, soit la moitié de ce qu'il devait. Il avait un mois pour payer le solde. Le patron du garage confondit le voleur et lui demanda de remettre l'argent en échange de quoi il ne préviendrait pas la police. Acculé de tous côtés, le voleur amoureux opta pour la pire des solutions : la fuite. Comme il craignait qu'on s'en prenne à sa famille — car il avait une femme et deux jeunes enfants — il les envoya le plus loin possible. Big Ben mena son enquête avec efficacité et diligence, comme d'habitude, il retrouva April (qui convolait déjà avec une autre poire) et quelques jours plus tard, localisa le pauvre Jackson. Il s'était caché à San Diego, dans un meublé dont il ne payait plus le loyer depuis une semaine. Vers neuf heures du matin, il frappa à la porte de l'appartement. Jackson refusa d'ouvrir, pensant qu'il s'agissait de la police ou de ses créanciers. Big Ben le rassura et lui expliqua, à travers la porte, qu'il était un détective privé, que le propriétaire du garage ne voulait pas d'histoire, on allait trouver une solution, puis il conclut par « pensez à votre famille, laissez-moi vous sortir de ce pétrin, mon vieux ». Jackson finit par ouvrir au détective. Ravagé par l'angoisse, il écouta Big Ben avec attention : « Il faudra bien rembourser l'argent. En plusieurs fois, on doit pouvoir trouver un arrangement. Si vous faites preuve de bonne volonté, tout ira bien. Faites-moi confiance. » Jackson se leva et d'une voix blanche proposa quelque chose à boire. Big Ben refusa. Jackson s'approcha d'un meuble et dut se saisir d'un objet particulièrement massif, car le détective sentit son crâne exploser et il s'effondra de tout son long sur la moquette râpée. Jackson prit sa veste et s'enfuit en laissant la porte ouverte. Big Ben ne perdit pas conscience, un liquide chaud, qu'il identifia immédiatement comme son sang, s'écoula lentement sous sa nuque, il tenta de bouger, sans succès. C'est à ce moment-là que Josy téléphona.

Gary ne répond pas à l'appel de sa femme pour des raisons moins tragiques, il a rendez-vous avec son avocate, Maître Lijin. Son cabinet se trouve au quarante-sixième étage d'une tour récemment construite, tout en verre. Il est introduit dans une salle plutôt exiguë, le mobilier fonctionnel sent encore le neuf, les vitres offrent une vue étonnante sur la ville. Gary regarde par la fenêtre et tente de reconnaître des quartiers et des monuments dans cette ville où tout se ressemble. Il sent son téléphone vibrer, voit le numéro de Janet et ne prend pas l'appel. Elle téléphone souvent ces derniers temps, prend une voix conciliante, semble s'être calmée. Gary redoutait qu'elle lui pardonne. Il était parti de la maison le jour même de l'épisode Louanda et depuis, il faut bien l'avouer, il goûtait sa liberté chaque seconde. Et ce n'est pas le fait de voir moins ses enfants qui gâchait son plaisir (les mauvaises langues rajouteraient : au contraire). Son deux-pièces possède un vaste lit dans lequel il se ravit de dormir seul, il a acheté le tout dernier iMac dont il profite seul, il sort dîner seul à l'heure qui lui convient et lorsqu'il en a assez de la solitude, il va voir des prostitués qu'il trouve sur Internet. Gary est un homme heureux. Dernier problème à régler, son contentieux avec Stephen. Il en est là dans ses réflexions lorsque Maître Lijin entre dans la pièce.

— Bonjour, monsieur Katz, vous allez bien ?

Elle pose la question sans attendre de réponse et s'assied en invitant Gary à l'imiter. Elle est accompagnée d'une assistante dont la soumission rappelle celle de l'esclave, elle se dépêche de sortir tous les papiers et note scrupuleusement tout ce que Maître Lijin dit.

— La complice de monsieur Brenner, madame Nelly Shine, a reconnu avoir déposé des faux pour le compte de monsieur Brenner à la Network Solutions, ce qui nous met dans une excellente position. Nous allons négocier des dommages durant tout le temps où le site a profité à monsieur Brenner. Il faut demander le maximum et espérer la moitié. Monsieur Brenner a sûrement falsifié ses comptes et dissimulé une bonne partie de ses revenus. On pourrait demander à en savoir plus, mais est-ce qu'on a envie de rentrer dans une procédure de ce type ? Je vous le déconseille.

— Je vois, réussit à glisser Gary.

— Nous allons demander 100 millions de dollars de dommages et intérêts, et vous deviendrez le propriétaire du domaine.

— Je vois, répète Gary.

— À ce propos, nous avons reçu une lettre du cabinet d'avocats qui défend monsieur Jim Parsons, votre associé, je crois ?

Gary se redresse sur sa chaise.

— Monsieur Parsons prétend que vous avez eu l'idée à deux, qu'il devrait y avoir un partage à hauteur de cinquante pour cent chacun et décide de vous attaquer.

— C'est pas possible ! protesta Gary, il a aucune preuve.

— Pas de courriers, pas de notes internes, ni de témoins qui vous auraient entendu parler ensemble de ce projet ?

— Mais non ! J'ai eu l'idée tout seul !

Lijin lui sourit. D'un tout petit sourire, de sa toute petite bouche, de ses lèvres toutes minces. Gary croit y voir de la condescendance.

— À bientôt, monsieur Katz.

Elle se lève brutalement, salue son client et quitte la pièce, suivie de son sbire.

Fin du rendez-vous.

Gary écoute le message de sa femme. Il rappellera plus tard.

18.
L'opération

— Je vais faire un tournage, un film d'horreur, un truc à la con, une fois de plus.

— Bien payé ?

— Bof. Le type à qui je fais peur, ça donne quoi ?

— Rien pour l'instant. Mais on sait jamais. À l'occasion, ça t'embêterait de remettre ça ?

Nous sommes dans la caravane de Charlie. Cette fois, c'est lui qui a demandé à Stephen de venir le voir. Charlie, un mug à la main, aspire bruyamment du chocolat froid à l'aide d'une vieille paille. Stephen a décliné toutes les propositions de boissons.

— Je vais me faire opérer, je crois. J'en peux plus de ma gueule.

— Ah bon ? C'est ton gagne-pain pourtant.

— Ouais, mais j'en ai marre. Je t'ai vu à la télé hier.

— Ah oui ? J'étais bien ?

— Ouais, t'étais bien. C'est vrai que t'es riche ?

— Non, non, pas si riche que ça, non.

— Un peu quand même, ils ont montré des photos de ta villa sur une île.

— Ah oui, la villa, oui…

— C'est un peu gênant, mais t'es un copain… Je voulais savoir si tu pouvais me prêter un peu d'argent pour l'opération ? Je te rembourserai, petit à petit. J'ai déjà accumulé pas mal.

— Il te manque combien ?

— Dix mille. Dix mille et je suis tranquille.

Stephen fait semblant de réfléchir. Il aperçoit l'effroyable trou dans le visage du pauvre garçon. Il se dit qu'il n'aurait jamais dû accepter cette interview sur NBC.

— J'ai déjà eu des rendez-vous avec un chirurgien. Il m'a dit qu'il y aurait plusieurs opérations. Tu veux voir de quoi j'aurai l'air après ?

Et Charlie lui montre un dessin, comme un croquis de portrait-robot, censé le représenter après l'opération de reconstruction de son visage. Il ressemble à un vêtement rapiécé.

— Comment tu trouves ?

— Pas mal du tout.

— Moi, j'aime beaucoup.

Charlie fixe le portrait. Ses yeux semblent se remplir de larmes.

— Je vais changer de vie, Stephen. J'ai raison, non, de changer de vie ?

— Oui. T'as raison.

— T'imagines un peu si je ressemblais à ça ?

— Je vais te les prêter les dix mille dollars, Charlie, t'inquiète pas.

— C'est vrai ?

— Bien sûr.

— T'es un ami. T'es mon seul ami ! Je te les rembourserai, tu sais. Je te les rembourserai !

— Je sais.

— C'est ma tante qui aurait été contente. Elle qu'avait tellement envie que je me fasse opérer.

— Oui, je me souviens.

— Je peux encore faire peur à ton gars, si tu veux, tu me dis.

— D'accord. Oui, encore une fois. Pour le plaisir.

Et Charlie rit franchement, ce qui est toujours effroyable.

Nelly est retournée à Temecula, chez sa sœur. Son avenir s'est un peu éclairci lorsque Rico, alias le Balafré, a retiré sa plainte. L'avocat de Nelly est confiant. Sur ses conseils, elle a dit toute la vérité dans le cadre de l'enquête sex.com, le sort de Stephen Brenner semble scellé. Pour le coup de feu, l'avocat va plaider l'acte désespéré, la jalousie et autres circonstances qui paraîtront atténuantes au juge. Nelly n'a aucun antécédent judiciaire, hormis une conduite en état d'ivresse il y a huit ans. On la présentera comme une mère dévouée à son fils lourdement handicapé, l'enfant a un besoin vital de sa mère. Une amende, de la prison avec sursis, voilà à son avis ce que risque sa cliente. Bobby est toujours dans son centre, sa mère a payé un mois d'avance, mais Abigail ne pourra pas assumer le paiement des prochains mois. Nelly n'en dort plus la nuit, son fils a besoin d'une attention permanente. Quand elle voit Stephen dans l'émission *Today* sur NBC, elle en pleure de rage. Ce salaud se pavane à la télévision et elle, elle sans qui rien n'aurait été possible, risque d'aller en prison et pire, de laisser son fils chéri.

Gary, nous l'avons vu, profite pleinement de sa vie de célibataire. Il a essayé à plusieurs reprises de prendre contact avec Wendy, sans succès. Il va de temps en temps s'encanailler avec des prostitués de luxe, sans grand plaisir en vérité, il préférerait multiplier d'authentiques conquêtes. Après une tentative maladroite avec sa voisine de palier (elle a menacé d'appeler la police s'il lui adressait encore une fois la parole), il décide d'opérer sur des terrains de chasse plus anonymes et plus vastes. Il vient judicieusement d'investir dans un marché promis à un immense avenir : les sites de rencontre. C'est donc logiquement qu'il teste son produit. Gary se présente comme un millionnaire — ce qui est vrai — qui « cherche l'âme sœur et plus si affinité », mais son unique but, comme l'écrasante majorité des hommes sur ce genre de site, est évidemment de coucher.

Il a beaucoup de réponses, mais aucune ne lui paraît suffisamment intéressante, hormis celle de Carolina. Plutôt mignonne sur les photos, arborant un regard coquin, elle fait preuve d'un mélange de culot et de retenue dans ses messages qui attirent l'attention de Gary. Des messages écrits, on passe aux échanges téléphoniques et un rendez-vous est pris au Coonies, un bar branché près du quartier des affaires.

Gary, alias Peter — c'est le pseudo qu'il s'est choisi — se rend à l'heure dite et retrouve Carolina. La teinture de ses cheveux est encore toute fraîche, elle s'est manifestement rajeunie d'au moins dix ans dans son annonce, c'est de bonne guerre, Peter a cinq ans de moins que Gary. Une musique style lounge/planant habite discrètement l'endroit, un saxophone pleurnichard accompagne une voix perdue dans l'écho qui répète lascivement « *come on now* ». Peter et Carolina sont installés sur des fauteuils près d'une fenêtre aux petits carreaux teintés. De l'intérieur, on a du mal à voir la rue. Il leur serait bien difficile de discerner sur le trottoir d'en face un homme, le bas du visage dissimulé par un foulard. Peter et Carolina prennent plusieurs verres (Carolina a une prédilection pour les margaritas), la rencontre se passe bien. Gary, comme toutes les personnes qui ne sont jamais drôles, l'est encore moins quand il tente de l'être. Carolina glousse pourtant à tout bout de champ, démontrant ainsi qu'elle est dans d'excellentes dispositions. Gary se dit que, cette fois, c'est la bonne, d'autant que l'alcool aidant, elle commence à lui faire du pied sous la table.

— On peut aller boire un autre verre chez moi, si tu veux, propose Peter.

— C'est où chez toi ?

— Pas loin.

Affaire conclue. Gary paie la note et les voilà qui marchent dans la rue, serrés l'un contre l'autre presque comme deux amoureux. Tout à sa joie de se faire opérer bientôt, Charlie a décidé d'être facétieux. Il court sur le trottoir d'en face pour dépasser le couple, traverse la rue et se cache à l'angle du boulevard pour les surprendre. Peter et Carolina marchent, insouciants, Peter continue à faire rire sa conquête qui se sent délicieusement ivre. Charlie, planqué au coin de la rue, est prêt à surgir. Au moment où ils tournent, le couple se retrouve nez à nez avec l'hideuse face abrégée de Charlie. Il ouvre béant le seul côté de la mâchoire qui lui reste, ce qui est encore plus effrayant et, du fond de sa gorge, sort un cri rauque et fétide. Peter est figé d'horreur, Carolina hurle et se cache le visage pour échapper à cette vision infernale. Puis, elle se dégage brutalement et fait un bond de côté sur la route. Tout cela prend moins d'une seconde, le chauffeur du bus qui arrive à ce moment-là n'a pas le temps de donner un coup de volant ni même de freiner. Carolina est percutée de plein fouet. Elle sera déclarée « morte sur le coup » par les ambulanciers arrivés quelques minutes plus tard. Devant le corps disloqué de Carolina, Charlie s'est enfui. Gary reste prostré sans doute assez longtemps, puisqu'il se souvient avoir repris ses esprits alors qu'un policier l'interrogeait. « Monsieur ? Monsieur ?… Connaissez-vous la victime, Monsieur ? » Gary explique la situation, il ne sait rien de Carolina, même pas son vrai nom. Il parle du « monstre », le seul responsable de ce tragique accident. « Il a la moitié du visage en moins, vous le retrouverez facilement. »

Des passants témoignent et corroborent la version de Gary. Un homme sans visage s'est mis à hurler sans raison, ou plutôt dans le but évident d'effrayer Gary et sa compagne. Un portrait-robot est dessiné quelques jours plus tard. Il est affiché dans les postes de police le jour même où Charlie passe sur le billard. L'opération dure plusieurs heures, ce n'est que la première d'une longue série, les chirurgies réparatrices sont toujours complexes.

19.
Le procès

Depuis son passage à la télévision, Stephen Brenner est une vedette, il a droit à la Une des magazines, la presse s'amuse de cette joute entre deux hommes que tout sépare sur fond de millions de dollars, de pornographie et de bataille judiciaire. Gary, sur les conseils de l'austère Maître Lijin, reste discret. Il est d'ailleurs en pleine dépression depuis l'épisode Carolina, il attend le procès dans une clinique spécialisée où il se repose. Sa femme, Janet, a demandé à lui rendre visite, ce qui lui a été refusé. Gary ne veut voir personne.

Le procès du site sex.com va avoir lieu dans quelques jours, Maître Loebmann, l'avocat de Stephen Brenner, n'a jamais été optimiste, il a tout à fait conscience que son client est un escroc, il est, du reste, inquiet sur le paiement du solde de ses honoraires.

— La seule chose que nous puissions plaider, dit-il à Stephen, c'est que le site sex.com a rapporté beaucoup moins qu'on ne le pense.

La concurrence est rude, les sites pornographiques se sont multipliés, les annonceurs se sont éparpillés, les revenus sont en chute libre et les frais ne diminuent pas. De plus, le modèle économique d'Internet a changé, c'est désormais la publicité qui finance les sites, la publicité et la vente de données personnelles à des sociétés qui peuvent ainsi cibler de nouveaux prospects. Stephen a été incapable de suivre le mouvement. Fort de tout cela, Loebmann pense qu'ils pourront négocier des dommages et intérêts en deçà des 100 millions demandés par la partie adverse.

— Combien ? demande Stephen.

— Je vais proposer la moitié, 50.

— Il va falloir que je verse 50 millions de dollars ?

— Avec un peu de chance, oui.

— Avec un peu de chance ? Mais je ne les ai pas. (L'avocat n'en croit pas un mot.)

— On vous demandera quand même de les payer. Sans oublier le solde de mes honoraires.

L'autre affaire de Stephen concerne son divorce.

— Vous avez signé un papier extrêmement avantageux pour votre épouse, madame Josette Brenner, dite Josy La Rouge. Vous vous êtes engagé à lui verser 20 millions de dollars. Vous vous en souvenez ?

— Bien sûr que je m'en souviens ! Mais on doit pouvoir contester ce papier ? Je savais pas ce que je signais. Elle m'a extorqué cette signature.

— Comment ?

— Sous la menace.

— Une arme ? Il faudra le prouver.

— Comment ?

— Si vous aviez un témoin, par exemple, qui aurait vu madame Brenner vous menacer, ce serait parfait.

— Je trouverai un témoin.

Leobmann ne peut s'empêcher d'avoir une sorte d'admiration pour ce genre d'escroc, ils sont entiers, comme un musicien pense musique, un peintre, peinture, l'escroc authentique pense escroquerie. L'avocat résume la situation de son client en concluant :

— Vous risquez d'avoir beaucoup de dettes et pour pas mal d'années, il faut que vous en soyez conscient.

Stephen sort très abattu de ce rendez-vous.

À l'issue du procès, Stephen Brenner est condamné en avril 2001 à verser 65 millions de dollars à Gary Katz.

DEUXIÈME PARTIE

1.
Le parfum

Il est peut-être temps de prendre des nouvelles de Big Ben.

Quand les secours arrivèrent, une large flaque de sang imbibait la moquette de la chambre, Big Ben avait perdu connaissance. Emmené en urgence à l'hôpital, son cas fut considéré comme désespéré, et le chirurgien qui l'opéra prédit d'éventuelles séquelles, si jamais il avait la chance de se réveiller. Donald Banks s'assura que son employé fut soigné par les meilleurs médecins, dans les meilleurs hôpitaux. Josy, sans nouvelles pendant des semaines, s'inquiéta et finit par retrouver la trace de son gratte-ciel. Elle venait lui rendre visite tous les jours et restait parfois plusieurs heures à son chevet, à lire Nietzsche et à étudier les cours de la Bourse. Il était conseillé de parler au patient, «au cas où il vous entendrait». Josy, tout haut, tenait donc le malade au courant de ses derniers investissements et lisait à voix haute *Humain, trop humain*. Sans résultat. Big Ben restait toujours dans un coma profond, sans bouger un cil, jusqu'au jour où… Josy, au comble du désespoir, se pencha vers lui pour l'embrasser sur le front, elle avait pris soin de mettre le même parfum du jour de leur première rencontre. Alors qu'elle venait de déposer un tendre baiser, les narines du détective se mirent à frémir, comme s'il allait éternuer. Josy se précipita pour prévenir une infirmière qui se précipita à son tour pour appeler les médecins. Big Ben se réveillait, il allait pouvoir s'en sortir. Dans quel état? Peu importait à Josy, elle savait qu'elle avait trouvé l'amour. Big Ben recouvra une partie de ses moyens, une partie seulement.

Il boite, le voilà désormais qui marche avec une canne, il n'a plus toute sa mémoire, certains épisodes de son existence se sont à jamais effacés, et il lui arrive de chercher ses mots. Des mots usuels le plus souvent, comme «assiette» ou «porte» ou «bonjour». Pour le reste, c'est le même Big Ben qu'avant, placide, efficace, charmant. Josy ne cesse de répéter: «On va le retrouver ce salaud qui t'a fait ça, je te jure qu'on va le retrouver». Son vœu ne sera pas exaucé.

Jackson n'eut pas une fin très brillante. Après avoir frappé Big Ben, il s'était enfui avec l'intention de passer la frontière mexicaine, ce qu'il fit. Il échoua à Tijuana. Sans ressources, sans amis pour l'aider, il finit par commettre quelques petits larcins qui le conduisirent dans une de ces geôles mexicaines connues pour raccourcir de façon radicale l'espérance de vie. Il attendit la décision du juge qui n'eut pas le temps de la prendre, son codétenu, un borgne particulièrement irascible, l'étrangla à mains nues, un matin de bonne heure, sans raison apparente. La femme de Jackson et ses deux enfants vivaient depuis dans un dénuement certain, bien que l'ancien patron de Jackson, touché par ce tragique destin, les aidât financièrement. Aux dernières nouvelles, April continuait sa brillante carrière de rabatteuse.

Voilà pour Jackson.

Stephen Brenner avait perdu son premier procès, il lui restait à perdre le second, c'est-à-dire le divorce. Rico, dont la série de vidéos pornographiques *Le Balafré* avait magnifiquement fonctionné, tourne désormais dans d'autres productions et connaît tout le succès que mérite son talent. Installé dans une villa conforme à son sens aigu de l'esthétique, l'acteur vit l'existence paisible de l'artiste comblé par la réussite.

Stephen sonne à sa porte. Une longue série de notes retentissent avant qu'une jeune péruvienne en short moulant et basket ne vienne lui ouvrir.

— J'ai rendez-vous avec Rico.

— Vous voulez dire avec monsieur Mendoza ? demanda-t-elle en mâchant son chewing-gum.

— Voilà. Avec monsieur Mendoza.

Rico l'accueille en robe de chambre mauve — ce qui ne paraît pas d'un goût douteux à Stephen, au contraire, il apprécie en connaisseur.

Il lui propose de venir prendre le thé dans le patio. Rico, depuis son triomphe, boit du thé dans son patio.

Stephen complimente son ami sur la beauté de sa demeure et ajoute, sous forme de boutade, que sa cicatrice lui avait ouvert des portes. C'était, bien sûr, une façon de lui rappeler qu'il n'était pas pour rien dans l'accomplissement de l'artiste.

Ils parlent également du procès perdu, des 65 millions de dollars à verser et de la perte du site. Rico ne peut que compatir face aux embarras de son ami. Malencontreusement pour lui, il se risque à faire une proposition amicale :

— Si je peux faire quelque chose pour toi.

— Tu peux, lui répond Stephen.

2.
Les années 2000

«S'il n'y a pas de témoin, monsieur Parsons, ce sera sa parole contre la vôtre. Il n'y a aucune chance que votre plainte soit recevable. Sans compter que ça fait maintenant sept ans. À moins que monsieur Katz ne reconnaisse son erreur et qu'il accepte de partager avec vous la paternité du site, je ne vois pas comment faire. Vous pouvez toujours lancer une procédure, mais vous prenez le risque de perdre beaucoup de temps… et d'argent.»

Voici le sage conseil qu'un avocat donna à Jim.

«C'est foutu, se dit-il, j'aurais dû réagir plus vite, j'aurais dû lui péter la gueule, le menacer, il faut que je me venge.»

Gary avait vendu ses parts de la société d'investissement qu'il dirigeait avec son ami Jim, les deux hommes ne se voyaient plus et ne se parlaient plus. L'annonce des 65 millions de dollars de dommages (qui avait fait la Une des journaux), avait plongé Jim Parsons dans un état de rage dont il ne parvenait pas à sortir. Il s'en ouvrit à Louanda qui développait depuis peu un goût pour la sagesse indienne.

— Lis Krishnamurty, lui répétait-elle, il dit des choses essentielles.

— Oui, sûrement, mais là, je cherche à m'éloigner de toute sagesse. La seule chose qui pourrait me calmer, c'est de voir Gary mort. Alors à moins que Krishnamachin préconise le meurtre.

— Non, il dit : nous ne voulons pas de richesses, nous voulons la paix et l'amour.

Jim était prêt à rogner un bon paquet de paix et d'amour pour la moitié du pactole de Gary. Le jugement avait dépassé les 50 millions réclamés. Le juge, une femme, n'avait pas apprécié que Stephen n'ait pas assisté à l'audience, elle considérait la pornographie comme une horreur d'une insondable bassesse, seuls les dégénérés et les malades pouvaient s'y adonner. Si elle reprochait à Gary Katz d'avoir pensé à déposer le nom de ce site, elle avait apprécié son profil bon chic bon genre. Celui-ci, sur les conseils de son avocate, s'était engagé à mettre fin à cette débauche intolérable et à orienter sex.com vers des informations médicales et sociologiques. Ça avait beaucoup plu à Madame la Juge. Comme on pouvait s'y attendre, Stephen avait fait appel du jugement, mais les conseils de Gary, Maître Lijin en tête, étaient extrêmement confiants.

Janet Katz, en apprenant le montant des dommages, décida de tout pardonner à son mari. Pardonner quoi, d'ailleurs ? Le pauvre homme avait été victime d'une odieuse machination, il était impensable qu'il pût avoir eu une relation avec une autre femme et encore moins avec un travesti comme Louanda. Elle écrivit un long mail à son mari (car les courriers électroniques avaient remplacé les lettres manuscrites) pour lui expliquer que les enfants se languissaient de leur père et qu'elle avait été victime d'une effroyable méprise et regrettait de l'avoir chassé du domicile conjugal.

Gary, devant la sincère repentance de sa femme, fut contraint d'accepter de déjeuner avec elle. Il est utile de préciser que Janet, profitant de sa solitude, était allée sur le site de son mari. Ce qu'elle vit l'avait d'abord horrifiée : des femmes donnaient leur bouche et leur cul à des phallus énormes, infatigables, insatiables ; des groupes d'hommes abusaient d'une femelle comme si c'était un objet ; des lesbiennes s'abandonnaient à toutes les perversions, sans parler de la bestialité dans laquelle se vautraient des homosexuels, la catégorie *French Gay* en témoignait. À sa première visite sur le site, elle ne resta que quelques minutes, à la seconde visite, quelques minutes de plus. Après huit jours, elle avait appris le vocabulaire propre à la pornographie, *gangbang*, BDSM, *fetish*, *cumshot*, *hardcore* et autres pratiques indignes. Il ne lui fallut pas huit jours supplémentaires pour que les vices les plus abjects n'eussent de secrets pour elle. Ce fut une épiphanie. Elle eut l'impression d'avoir vécu jusque-là comme « à côté de la vraie vie ». Comment son destin l'avait-il emportée dans une direction opposée aux plaisirs de la chair ? L'aveugle retrouvait la vue, la sourde, l'ouïe, la simple, l'esprit. Comme souvent les initiés tardifs, elle s'enflamma plus que de raison et passa du dégoût à un enthousiasme déboutonné. Janet couchait ses enfants plus tôt que d'habitude, à leur grand dam, ou encore se levait la nuit pour se précipiter sur l'ordinateur que lui avait laissé son mari. Elle s'offrit dès lors — dans ses fantasmes — des orgies époustouflantes, mais hâtons-nous de le préciser, toujours en présence de son mari, comme partenaire ou comme spectateur.

C'est donc une autre Janet que Gary vit arriver au restaurant. Une Janet très «années 2000»: un top fendu et lassé sur le devant découvrait le bas du ventre et la poitrine, une jupe dégradée, asymétrique, rose offrait une vue imprenable sur le haut des cuisses et pour souligner le tout, des boots cow-boy vertes à franges. Ce qui est touchant de maladresse chez une jeune fille encore peu au fait de son pouvoir de séduction devient déconcertant chez une femme de 39 ans. L'embarras de Gary devant la métamorphose de son épouse ne nécessite pas d'être décrit davantage.

Après avoir échangé les banalités d'usage, Janet, en le fixant droit dans les yeux, dit: «J'ai changé, tu sais», puis elle susurra en lui prenant la main comme dans les films romantiques: «Reviens à la maison. Je t'aime». Mais Gary, bientôt très riche, avait découvert le plaisir incomparable du célibat. S'il divorçait maintenant, il aurait été contraint de donner à sa femme la moitié de sa toute nouvelle fortune, dont il n'avait, du reste, pas encore touché le premier centime. Il fallait gagner du temps, ce qu'il fit en promettant de réfléchir. Janet vit là une manifestation d'orgueil de son époux, il ne pouvait céder trop facilement au risque de blesser son amour-propre, c'était bien naturel.

Elle repartit confiante et soulagée.

3.
Qué pasa?

— Ça s'appelle un faux témoignage.

— Oui, si tu veux, mais tu ne risques rien. Tu dis juste que tu étais là, que tu as vu Josy me menacer, que j'ai signé son contrat de divorce à la con sous la contrainte.

— Mais Josy va nier.

— Ben oui, évidemment, elle va nier, mais le juge va avoir un doute et ça peut suffire.

— Je sais pas si je vais y arriver.

— Tu rigoles ! Pour un acteur comme toi, c'est rien du tout, tu vas tous les mettre dans ta poche.

Il y a un malentendu entre Stephen et Rico, le premier pense que le second lui doit tout, le second considère qu'il doit tout à son talent.

Stephen, lassé d'attendre l'assentiment de Rico, ajoute :

— Et puis tu peux bien faire ça pour moi, merde !

— Qu'est-ce que tu veux dire ?

— Sans moi, tu serais pas là.

« L'usage de la parole semble quelquefois nous avoir été donné dans le seul dessein de contrarier nos projets », disait un auteur anglais. C'est exactement ce qui va arriver à Stephen, parti pour être habile stratège afin de solliciter un service, au premier obstacle, il dérape. Il n'en faut pas plus pour que les vieilles querelles, les ressentiments, les frustrations se bousculent et balaient tout sur leur passage. Des insultes, qu'on n'osera pas répéter ici, se mettent à pleuvoir, et c'est un domaine où ni l'un ni l'autre ne manque d'inspiration. Devant le refus obstiné de Rico, Stephen l'empoigne et lui hurle dans le nez qu'il est un pitoyable acteur porno et que son pénis, très en dessous de la taille moyenne, est la risée du métier. Il sait qu'il profère la pire des calomnies dans ce milieu où la réputation est essentielle. Mais Stephen Brenner n'est plus rien, il a tout perdu, lui qui était tant convoité il y a encore quelques mois est aujourd'hui hors-jeu, juste un minable petit escroc de troisième zone poursuivi par la justice. Rico ne se prive pas de lui rappeler à peu près dans ces termes. Dans un accès de rage, Stephen pousse Rico sur une table basse en verre, un verre fumé épais, mais qui ne résiste pas aux 85 kilos de muscle de l'acteur. Celui-ci ne se relève pas tout de suite, il a peur de se couper, il patauge dans le verre brisé. Stephen quitte la pièce, la femme de ménage demande en espagnol : «qué pasa ?» Stephen répond : «nada».

En sortant, il entend Rico lui crier quelque chose du genre : «Je vais te faire la peau, espèce de connard !»

Stephen sait qu'il peut tirer un trait sur sa demande de faux témoignage.

Jim a donné rendez-vous à Gary sur un parking désaffecté. Un peu de végétation réussit à se faufiler dans les interstices de goudron fissuré, les bandes de peinture délimitant les places ne sont plus que des pointillés épars, au bout du parking, on devine un bâtiment abandonné, une ancienne concession General Motors, le logo décati, trônant sur la façade, est encore visible. La nuit, l'endroit est fréquenté par des junkies à la recherche de ravitaillement, des seringues éparpillées çà et là en témoignent. Il n'y a pour l'instant qu'une seule voiture sur cette immense espace, et c'est celle de Jim. Une marque japonaise. Il attend, debout, les bourrasques maltraitent ses cheveux qui gigotent en tous sens. Il a une veste de costume dont il a fermé les trois boutons et relevé le col pour se protéger du froid. Gary arrive en retard. Il gare sa voiture assez loin de celle de Jim. «Pourquoi cet endroit sinistre ?», pense-t-il, avant de sortir pour aller à la rencontre de son ancien associé.

— T'es en retard !

Le vent emporte les mots de Jim.

— Quoi ?

— T'es en retard !

— Oui, excuse-moi. J'ai eu un peu de mal à trouver. On aurait pu se parler dans un endroit un peu plus accueillant.

— Je pensais que tu voulais pas de témoin.

— Pourquoi tu dis ça ?

— Parce que je veux t'entendre dire que tu m'as arnaqué. Tu as déposé sex.com à ton seul nom alors que nous avions décidé de le déposer ensemble. Tu m'as arnaqué, puis tu t'es fait arnaquer. Je veux que tu me le dises.

— Pourquoi tu veux que je dise ça ?

— Dis-le !

Gary est effrayé par la détermination de Jim, cette gravité, ce ton, ce regard, tout cela ne lui ressemble pas. Un mauvais pressentiment. Il se tient assez loin de son ancien associé.

— Non. Je ne le dirai pas… Je ne le dirai pas parce que c'est faux !

— Salaud !

— Si tu m'as fait venir pour ça, je vais repartir.

— Tu vas nulle part.

Et Jim sort de sa poche une arme. Un colt de petit calibre, mais suffisant pour tuer du premier coup. Gary balbutie quelques mots inintelligibles en levant les bras à moitié. Il tente de raisonner Jim, celui-ci lui intime l'ordre de se mettre à genoux. Gary obéit et recouvre sa tête de ses bras comme un enfant qui veut se protéger des coups d'un adulte. Il supplie Jim de ranger son arme, ils vont discuter, on doit pouvoir se parler, il faut être raisonnable.

— Ce qui aurait été raisonnable, ça aurait été de déposer le nom du domaine à nos deux noms. Mais tu as préféré tout garder pour toi. Et aujourd'hui, tu as combien ? Hein ? Tu as combien ?

— Tu sais combien j'ai !

— Hein ? J'entends pas ! et Jim enfonce le canon du colt dans le cou de son associé.

— 65 millions, répond Gary en hurlant.

Il implore Jim de lui pardonner, il est d'accord, il a eu tort, il regrette, tout peut encore s'arranger.

Jim veut la moitié de la somme et devenir propriétaire du domaine pour moitié.

Gary dit oui à tout.

Jim est en sueur, son cœur bat à tout rompre, peut-être plus vite encore que celui de Gary. Il sent sa main moite glisser sur la crosse de son arme, sa tête tourne.

— Si tu le fais pas, je te tue. Tu m'entends ? Je te tue !

Gary est recroquevillé, terrifié, démoli.

— Tu vas signer ce contrat.

— Quel contrat ?

Jim sort avec difficulté quelques pages roulées en tube de sa poche intérieure.

— Celui-là.

Le contrat glisse de ses mains et tombe par terre. Poussées par le vent, les feuilles commencent à s'envoler dans tous les sens. Jim les regarde sans réagir. Ses forces le lâchent.

« Merde, pense-t-il, qu'est-ce que j'ai ? »

Gary relève la tête et voit Jim tituber. Il balbutie :

— Tu vas signer connard, tu vas signer.

Il chancèle pour rejoindre sa voiture, lentement, il remet son arme dans la poche de sa veste.

« J'ai besoin de m'asseoir, se dit-il, ça va aller. Je vais m'asseoir ».

Gary comprend, Jim a un malaise, peut-être même avec un peu de chance, une attaque. Une fureur le submerge, la fureur du lâche qui a l'occasion d'être courageux sans trop de risque. Il n'a pas fait tout ça pour donner la moitié à Jim, il ne veut pas lui donner la moitié, jamais ! Hors de question ! En quelques pas, il le rejoint et le pousse violemment dans le dos comme un enfant dans une cour d'école. Jim tombe de tout son poids en avant sans avoir le réflexe de se protéger le visage. Gary lui écrase la main qui tente de se glisser dans la poche pour récupérer le colt. Jim se tord de douleur, la chute lui a éclaté le nez et la bouche, il n'arrive plus à respirer, Gary donne des coups de pied dans le ventre opulent de Jim. Puis dans le bas du ventre, Jim se plie comme un canif. Il est pris de convulsions, il ne résiste plus. Gary continue, sa rage est la plus forte, il frappe le visage. Jim est inerte, juste secoué par les coups répétés de Gary. Une sorte de bave mousseuse et blanche sort de la bouche de Jim, Gary comprend qu'il est en train de mourir. Il monte dans sa voiture, démarre, puis ressort et se met à courir pour rattraper les feuilles du contrat qui, poussées par les bourrasques, s'éloignent en tous sens. Il écrase avec son pied une première feuille pour l'immobiliser et la fourre dans sa poche. Il court pour en rattraper une deuxième, l'écrase à nouveau avec son pied, mais au moment où il veut s'en saisir, elle repart de plus belle, emportée par un coup de vent, comme pour le narguer. Gary hurle : « Merde ! Merde ! Merde ! » Quelques mètres plus loin, il réussit à mettre la main dessus, mais la troisième feuille en a profité, elle est déjà loin, Gary se remet en chasse. C'est à deux cents mètres de sa voiture qu'il arrive à capturer la dernière feuille du contrat. Il est hors d'haleine. Il reprend son souffle et aperçoit le corps inerte de Jim, plus loin. Le voilà qui court à nouveau pour rejoindre son véhicule. Gary entre dans sa voiture, ferme la portière et goûte d'être enfin à l'abri du vent. Il est en nage, son cœur tressaute dans sa gorge, le vent soulève régulièrement un pan de la veste de Jim.

Lorsque la police trouvera le corps de Jim, à la tombée de la nuit, il sera décédé depuis plusieurs heures. Le médecin légiste conclura à une mort par crise cardiaque, les coups sur le visage et sur le corps n'auraient pas pu provoquer le décès. Une enquête sera ouverte.

4.
Le temple

La première opération de Charlie s'est bien passée. Son visage est presque entièrement bandé, il ne peut pas parler, il se nourrit à l'aide d'une paille glissée dans les bandages à la hauteur de la bouche. Le chirurgien lui explique que la greffe commence à prendre, il faudra opérer à nouveau dans quelques semaines afin de poursuivre le travail de reconstruction faciale, il est optimiste. Charlie ne peut pas répondre, mais il est heureux, il opine avec empressement de son chef bandé et lève un pouce pour exprimer son contentement. Avant de sortir, le chirurgien précise : « Nous n'avons pas encore reçu votre paiement pour la suite, je vous laisse vous en occuper. » Charlie prend son téléphone et tape un quatrième message à Stephen :

« Salut Stephen, tout se passe bien à la clinique, grâce à toi, je vais devenir Clint Eastwood ! Tu n'oublieras pas de me verser les dix mille dollars que tu m'avais promis ? Merci encore. À bientôt (tu ne me reconnaîtras pas). »

Et il appuie sur « envoi ». Un petit son évoquant un avion à réaction lui signifie que le message est bien parti. Quelques secondes plus tard, loin de l'hôpital, un « ding », à la façon d'une sonnerie de porte, prévient Stephen qu'il vient de recevoir un message.

L'avocat de Josy s'appelle Harold et avec un prénom pareil, il ne peut être qu'un vieux monsieur avec des touffes de poils dans les oreilles. Il s'est occupé de divorces toute sa carrière, il est d'un calme et d'un sang-froid déroutant. Il a connu Big Ben des années auparavant. Pour son compte, le détective s'est chargé de suivre les maris, les femmes et les amants. Harold prédit à sa cliente que Stephen ne paiera jamais. Il s'enfuira, se cachera, fera tout pour retarder la procédure, mais il ne lâchera jamais les 20 millions de dollars, il faut transiger.

— Transiger ? Moi ? Transiger avec cette ordure ? Non mais vous me connaissez pas ?

Big Ben, assis à ses côtés, lui prend la main l'incitant à faire preuve d'un peu de retenue. Elle baisse d'un ton, mais continue à maugréer : « Non mais c'est vrai quoi, on va quand même pas… non, mais y a pas de raison, quoi. »

Harold attend la fin en souriant.

— Je vous disais donc qu'il faudra transiger, réclamer ce qui est raisonnable…

— Mais je m'en fous de ce qui est raisonnable, il a signé oui ou non ?

Big Ben serre un peu plus fort la main de Josy.

— Madame La Rouge, dans ces affaires-là, croyez-moi, il faut être pragmatique. Votre mari a été condamné à verser 65 millions de dommages et intérêts, il n'a donc pas 20 millions à vous donner. En conséquence de quoi, il faut réclamer entre 5 et 10 millions.

Avant que Josy ne se mette à brailler de nouveau, Big Ben se tourne vers elle et dit avec douceur :

— 10 millions, c'est beaucoup. C'est déjà une… une…

Il cherche son mot, Harold vient à sa rescousse : « belle somme ».

— Oui, non mais c'est déjà une petite…

— Fortune.

— Fortune ! Voilà !

— On est d'accord, poursuit Harold, nous allons donc lancer la procédure, qui, je préfère vous prévenir, devrait durer longtemps.

Il y a beaucoup de monde à l'enterrement de Jim, le temple est rempli. Au premier rang, on remarque les frères et sœurs entourant leur mère dont la douleur fait peur à voir. Puis les amis, proches et moins proches, serrés les uns contre les autres comme pour mieux supporter leur chagrin. Gary est là, bien sûr, grave et recueilli, à côté de Janet qui porte une petite robe noire un peu trop courte pour la circonstance. Il aperçoit Cynthia, un bandeau noir dans les cheveux, superbe, aux côtés de son père, elle sanglote. Jim avait fini par la prendre sous sa coupe, il avait été attentif et protecteur, Gary mesure, en voyant sa peine, à quel point Cynthia lui en avait été reconnaissante.

L'office du pasteur est sobre, dans la tradition protestante. Il sera suivi d'une intervention du frère de Jim et d'un de ses cousins dont il était proche. Tous rappellent que Jim était apprécié pour son intelligence, sa vivacité, sa fidélité. Gary, à qui la famille avait demandé de dire quelques mots sur son associé, avait préféré décliner : « Je ne trouverai pas les mots, c'est trop dur, je suis désolé, je préfère pas. » L'office a déjà commencé lorsqu'une petite porte sur le côté s'ouvre et se referme presque aussitôt. Personne ne remarque la silhouette qui vient de se glisser à l'intérieur. C'est Louanda. Même ses plus fidèles clients d'Hollywood Boulevard ne pourrait la reconnaître. Elle s'assied tout au fond et écoute la cérémonie tout en cherchant Gary des yeux.

Quelques semaines auparavant, l'enquête sur la mort de Jim avait été confiée à Emal Zynep, un agent de la police locale, petite femme d'origine turque. Elle avait scruté de son regard opiniâtre et malin tous les protagonistes de cette affaire. Et notamment Gary :

« Jim Parsons est mort d'une crise cardiaque, mais on ne s'explique pas les traces de coups, ni pourquoi il avait une arme sur lui. Un témoin a vu deux voitures se rendre sur le parking abandonné. Il est formel, deux voitures, dont celle de monsieur Parsons, ont emprunté la route qui longe le terrain vague. Qu'avez-vous comme voiture, monsieur Katz ? »

Gary avait répondu avec un sang-froid qui l'avait surpris lui-même.

Madame Zynep avait regardé dans son calepin, un peu comme Colombo.

Gary avait demandé :

— De quelle marque était la seconde voiture ?

— Notre témoin n'est pas très sûr. Mais les deux véhicules se sont suivis à peu près à une demi-heure d'intervalle.

Un immense soulagement avait envahi Gary. Une sensation qui venait du ventre et se diffusait dans tout le corps.

— Comment pourrais-je vous aider ? Jim était un ami.

— Justement, vous aviez un différend, n'est-ce pas ?

— C'est juste. Rien de grave, mais effectivement, nous étions en froid.

— Puis-je vous demander à propos de quoi ?

Elle avait posé une question dont elle connaissait la réponse, car Louanda savait tout et elle avait parlé : Jim voulait s'expliquer avec Gary Katz, lui faire signer un contrat sous la menace, d'où la présence d'une arme à feu. On n'avait pas retrouvé de contrat. Louanda avait certifié que Jim avait certes des fréquentations « douteuses » (elle en était la preuve), mais il n'était pas le genre à finir mort sur un parking de junkies.

L'agent Emal Zynep avait écouté les explications de Gary sans le quitter des yeux. Elle se tenait assez près de lui, ce qui l'obligeait, vu sa petite taille, à regarder vers le haut. « Elle est effrayante », avait pensé Gary. Il avait toujours eu comme politique de se méfier des petits.

— Que faisiez-vous ce jour-là ? Vers quinze heures ?

— Chez moi. J'étais chez moi.

— Vous avez des témoins ?

— Non. Je vis seul. Je suis séparé de ma femme.

« Mais c'est qu'elle me soupçonne vraiment », avait pensé Gary.

Quinze jours plus tard, l'affaire fut classée.

Louanda n'en démord pourtant pas, elle est convaincue que Gary est responsable de la mort de Jim. Elle se glisse hors du temple juste avant la fin de la cérémonie, au moment où le pasteur demande à tous de se lever en se tenant la main pour communier et prier tous ensemble.

Pendant ce temps, Stephen, dans sa Buick Le Sabre (une voiture discrète, entrée de gamme), passe la frontière américano-mexicaine.

5.
Looking for Stephen

Stephen Brenner s'est enfui. Après une dernière visite chez Matt, son «conseiller financier», il avait vidé ses comptes en banque juste à temps et viré son argent sur plusieurs comptes de banques mexicaines, histoire de ne pas éveiller les soupçons, évitant de déposer une grosse somme d'un seul coup. Il a également des millions en liquide qu'il ira déposer dans des coffres à travers le pays. Réparties dans plusieurs sacs et valises, les liasses sont recouvertes de linge, au cas où un douanier assidu aurait la mauvaise idée de le contrôler au poste-frontière. Dans ce sens-là, avec une voiture immatriculée aux États-Unis et un passeport américain, on passe facilement. Stephen roule jusqu'à Tijuana et ensuite, nous perdons sa trace.

Les cabinets du genre de Maître Lijin sont souvent rémunérés au pourcentage dans ce genre d'affaires. Plus la somme infligée au contrevenant est importante, plus le cabinet gagne d'argent. Cette fois, pressentant que le condamné ne serait pas un bon payeur, la prévoyante Maître Lijin avait réduit le pourcentage et demandé une importante avance à son client, Gary Katz. Même si les frais de justice furent déclarés à la charge de Stephen, il avait bien fallu que Gary déboursât une somme conséquente pour s'acquitter d'une partie de sa créance. La promesse de toucher 65 millions de dollars l'avait rendu confiant. Janet gardait la maison, il avait acquis un élégant pavillon non loin de l'océan et conservé son deux-pièces en ville dans lequel il espérait recevoir discrètement d'éventuelles conquêtes, en d'autres termes, il dépensait beaucoup d'argent. C'est ainsi qu'il fut fort marri d'apprendre la nouvelle.

— Disparu ? Comment ça, disparu ?

— Il a disparu. Volatilisé. Il a vidé tous ses comptes et il est parti se cacher, au Mexique probablement.

— Comment on va faire ? Qui va payer les 65 millions ?

— Dans l'immédiat, personne. Il y a sa maison, à Saint Thomas, mais ça représente assez peu, il avait un gros crédit dessus. Il a eu raison, fiscalement, c'est plus habile.

Ce n'est plus Lijin qui le reçoit, mais un sous-fifre, un jeune gommeux en costume trois-pièces avec des ongles soignés, une chevalière au petit doigt et des manières de shampouineurs de luxe.

— Et comment on fait dans ces cas-là ? demande Gary, au désespoir.

— Il faut attendre que la police américaine l'arrête. Les Mexicains ne se dérangeront pas pour le chercher. Mais très souvent, ces fugitifs finissent par se faire prendre, ils repassent toujours à un moment ou à un autre la frontière.

— Et sinon, la maison à Saint Thomas ? Combien ?

— Comme je vous le disais, l'emprunt, les retards de salaires de ses employés, les différentes charges que monsieur Brenner n'a pas réglées depuis longtemps, ça fait un sacré arriéré… Enfin, il faut compter nos émoluments… si bien que…

Et le gommeux fait semblant de chercher une feuille dans un dossier alors qu'il l'a soigneusement préparée avant le rendez-vous.

— Ah ! Voilà ! Il vous reste 62 500 dollars.

— Pour moi ?

— Non. À nous régler.

— Parce que je vous dois encore de l'argent ?

— 62 500. Voici la liste détaillée des différentes prestations dont…

— Vous vous foutez de moi ?

— Pardon ?

— Vous serez payé quand l'autre saloperie aura réglé sa dette. Pas avant.

— Ah, je ne crois pas que ce soit les termes du contrat que vous avez passé avec notre cabinet… Maître Lijin pense que…

À nouveau, il prétend chercher le contrat qu'il a juste sous la main.

Gary balaie le bureau de son bras et les papiers s'envolent. Sans rien dire, il se lève et sort de la petite pièce au mur de verre. C'est la mode de l'*open space*, tous les employés sont témoins.

— Monsieur Katz, ce genre de comportement n'a pas sa place chez nous !

Pour s'éviter l'humiliation d'attendre l'ascenseur devant les regards médusés, Gary cherche à prendre les escaliers de service, il ouvre plusieurs portes, un tableau électrique, un placard à balais, un poste à incendie, il ne trouve pas.

— Vous cherchez quoi, Monsieur ?

— Les escaliers ? Vous avez pas d'escaliers ici ?

— C'est au fond du couloir à droite.

Gary s'engouffre dans les escaliers et dévale les étages à toute vitesse.

Harold apprend à Big Ben la disparition de Stephen par téléphone. Il a préféré manœuvrer de cette façon pour éviter les hurlements que Josy n'aurait certainement pas omis de pousser dans son cabinet.

Le soir même, Big Ben demande à Josy de s'asseoir, il annonce d'emblée la couleur :

— Josy, j'ai une mauvaise… euh… une mauvaise…

— Nouvelle ! Vas-y, c'est quoi ?

— Stephen a disparu. Il s'est enfui.

Josy reste plusieurs secondes sans réaction. Ce genre de calme peut annoncer une tempête et ça rend Big Ben nerveux.

— Je me demande ce que Nietzsche en aurait pensé, risque-t-il.

— De quoi ?

— De ça, de… de cette situation, de la disparition de Stephen.

— Qu'est-ce que Nietzsche vient foutre là-dedans ?

— Je sais pas. Mais je crois que c'est le moment d'être philosophe.

— T'as raison.

— Je crois.

— Soyons des surhommes. Enfin, un surhomme et une surfemme.

Et Josy décide de garder son énergie pour le combat plutôt que pour la colère. Son gratte-ciel est fier d'elle.

— On va le retrouver. Tu vas m'aider à le retrouver, à nous deux, on va le choper par les couilles !

— T'as raison. C'est exactement ce qu'on doit faire. Et on va y arriver.

Josy caresse affectueusement le bras de son homme. «Enfin un homme sur qui on peut compter», pense-t-elle.

Big Ben se lève et annonce:

— À table, je nous ai préparé un bon… un bon…

— Enculé de sa mère! hurle Josy qui a quand même gardé un peu d'énergie pour la colère.

6.
Un scotch

Le très apprêté Donald Banks sait bien les raisons de la visite de Gary, il a suivi le procès dans la presse et il a appris que Stephen s'est enfui pour éviter de payer l'énorme somme à laquelle il a été condamné. Pourtant, il laisse Gary raconter toute l'affaire dans les moindres détails.

— Un scotch ?

— Pardon ?

— Désirez-vous un scotch ? Il est dix-neuf heures, c'est mon heure, fait Donald en souriant d'un air coquin.

« Cette façon de dire *scotch*, que c'est irritant », pense Gary.

— Non merci. Le temps presse, vous comprenez, il faut que je retrouve mon homme rapidement.

— Je comprends, je comprends, bien sûr (et il se verse un scotch avec la contrition du prêtre qui prépare le vin de messe).

— Celui qui a retrouvé Stephen la première fois, il était bien, comment il s'appelle ?

— Big Ben ?

— Qui ?

— Big Ben, c'est son surnom, oui, un très bon agent, il a eu un problème sur une mission, il a quitté le métier.

— Qui alors ?

Donald ne répond pas tout de suite, il fait tinter deux gros cubes de glace dans son verre.

« Quel con ! », pense Gary. Puis, à haute voix :

— Vous avez une idée ou pas ?

— Oui. J'ai une idée.

Et Donald se rassied sur son fauteuil en cuir capitonné dont les légers craquements sonnent comme des frissons de plaisir.

— Laquelle ? enchaîne Gary qui voudrait lui enfoncer son verre à whisky au fond de la gorge, mais a la sagesse de se retenir.

— Brenner a dû filer au Mexique, ils se cachent tous au Mexique. Je connais un chasseur de primes, il travaille occasionnellement avec nous, il connaît très bien le Mexique, pour la bonne raison qu'il est à moitié mexicain, ou entièrement mexicain, je sais plus.
— Et vous pensez qu'il serait libre ?
— Ça va dépendre de la prime que vous lui offrirez.
— À votre avis ?
— Quarante mille dollars. À ce prix-là, il devrait pouvoir s'occuper de votre affaire et ramener votre homme aux États-Unis pour le livrer à la police fédérale.
— D'accord.
— Bien sûr, tout cela reste entre nous. Je prends pas de commission sur la prime et vous facture pas ce conseil.
Après un temps et une gorgée de whisky, il ajoute :
— Je viens de vous rendre un service en quelque sorte.

Willie Sanchez est plus petit que Gary d'une bonne tête, et pourtant Gary n'est pas bien grand. Des moustaches mexicaines, une chevelure mexicaine, on perçoit dans son visage large les gènes de ses ancêtres amérindiens. Il évoque un Aztèque au sourire embarrassé et aux allures de comptable accompagnées d'un regard intelligent. Gary s'attend à ce qu'il parle avec un fort accent espagnol. Il n'en est rien, il s'exprime même avec une certaine élégance. Drôle de gars. Quand Willie visite la jolie villa face à l'océan, cela l'incite à demander cinquante mille au lieu de quarante.
Adjugé, ce sera cinquante.
— La moitié payable tout de suite, l'autre moitié à la fin, plus les frais. J'insiste sur les frais. Cela comprend les repas, les transports et les billets qu'il faut glisser aux indicateurs. Je fais des notes et je produis des justificatifs, quand c'est possible, pour toutes les dépenses, ne vous inquiétez pas. Quelques précisions : les chasseurs de primes ne peuvent pas exercer dans tous les états des États-Unis, et encore moins au Mexique. Il faudra attendre que notre homme repasse la frontière et pénètre en Californie pour lui mettre la main dessus.
— Et comment comptez-vous lui faire repasser la frontière ?

— Je trouverai. C'est mon métier.

— Vous avez une idée par où commencer ?

— Les Américains qui s'enfuient au Mexique avec de l'argent s'y prennent toujours à peu près de la même façon. Ils éparpillent leur magot dans plusieurs petites banques, situées dans des villes moyennes, puis s'installent dans une grande ville, le plus souvent dans un quartier résidentiel. C'est comme ça qu'on peut retrouver leur trace. En tous cas, c'est un début.

— Vous commencez quand ?

— Quand vous m'aurez versé vingt-cinq mille dollars sur mon compte. Voici mes coordonnées bancaires.

Gary fait un virement le lendemain.

7.
Quid du site ?

Quid du site, en effet ? Sex.com est en ruine et les concurrents, comme de juste, en profitent. Gary a rapatrié la société aux États-Unis et salarie deux ou trois administrateurs qui font tourner mollement la boutique. Ils utilisent le contenu déjà existant, mais aucune innovation, aucune nouveauté ne retient l'attention des usagers qui vont voir ailleurs. Même Janet se lassa des *gangbang* et des *foot fetish* de sex.com, elle voulait du neuf et alla voir chez la concurrence, trahissant ainsi sans scrupule son propre mari. Enhardie par la concupiscence des sites pornos et son époux ne se décidant pas à revenir, elle fut contrainte de prendre un amant. Finn était plus jeune qu'elle (sans doute beaucoup plus jeune, on ne sait pas, Janet triche sur son âge) et très impliqué dans sa communauté, comme on dit. Jeune homme solide, récemment arrivé dans le quartier et fort bien bâti, il partageait sa vie entre le football américain et une association caritative qui organisait des visites aux personnes âgées (il était encore possible, à l'époque, de les appeler « des vieux »). Ce n'était pas dans ces circonstances qu'il fit la connaissance de Janet, cela va de soi. Il arrivait à Finn de faire la quête au profit des personnes nécessiteuses. Janet, quand elle vit le jeune homme pour la première fois, sentit une impérieuse obligation de faire preuve de charité. Dès lors, Janet Katz, épouse et mère irréprochable, insista pour s'impliquer davantage dans la vie du quartier. Elle fut accueillie avec enthousiasme. Finn et Janet finirent par se croiser régulièrement. La métamorphose de Janet n'ayant échappé à personne, elle n'échappa non plus à Finn. Outre une garde-robe totalement renouvelée, elle avait des regards, des poses, des sous-entendus qui laissaient peu de doute sur ses dispositions à l'égard du jeune homme. Il en fut extrêmement troublé, mais ne se décida pas à agir, sa timidité et un solide sens moral lui interdisant de prendre la moindre initiative. Janet poursuivit son offensive, que l'on ne pourrait pas qualifier de discrète, et le pauvre Finn, éreinté de désir, finit par se laisser prendre dans les draps de l'honnête femme. Ce fut une fête. Puissant et athlétique, Finn n'était jamais rassasié, Janet, depuis trop longtemps altérée, non plus. Le jeune homme profitait de ses visites dans le quartier pour passer voir sa maîtresse plusieurs fois par jour, elle l'attendait dans des tenues qui feraient scandale dans les plus flamboyants bordels. Il sonnait à la porte, disait « Bonjour, je viens voir si vous avez besoin de quelque chose » — comme il le faisait avec toutes les vieilles dames du quartier — elle répondait : « Vous tombez bien, venez dans ma chambre, je vais vous montrer de quoi j'ai besoin. » Il arrivait souvent qu'ils n'atteignissent même pas le lit. Ensuite, il continuait sa tournée pour revenir deux heures plus tard, il dessinait son itinéraire afin de repasser trois fois devant chez Janet, qui changeait trois fois de tenues.

Gary profitait de son célibat d'une autre façon. Il recevait depuis quelques semaines des lettres anonymes, elles tournaient toutes autour du même propos : « Tu as tué Jim. » Ou « Un jour, tu paieras pour ton crime ». Gary en perdit l'appétit puis le sommeil, mais renonça à prévenir la police, trop inquiet des soupçons que les lettres pourraient éveiller. Il pensait qu'il s'agissait peut-être de ce fameux témoin, mais pourquoi n'allait-il pas à la police ? Il devait se dire qu'il y avait de l'argent à se faire. Gary constatait, avec un certain étonnement, qu'il n'avait aucun remords, Jim avait succombé à une crise cardiaque, les coups de pied n'avaient sans doute rien arrangé, et Gary aurait pu prévenir les secours, mais à ses yeux, Jim avait simplement accompli son destin sur un parking de junkies. Fin de l'histoire.

Le fameux témoin était un jeune homme d'une vingtaine d'années, à en croire ses papiers, mais l'héroïne avait fini par lui donner des allures de vieillard. C'est dire que son témoignage fut regardé avec suspicion. Jarvis (c'est son prénom) avait pourtant bien vu les deux voitures se suivre à une demi-heure d'intervalle. Il avait également vu le véhicule de Gary repartir peu de temps après, il se souvenait qu'il roulait à très vive allure. Mais quant à savoir la marque… il avait déjà des doutes sur la couleur. Louanda avait fini par retrouver sa trace et voulait l'inciter à charger Gary. Il devait témoigner en affirmant qu'il reconnaissait le conducteur du deuxième véhicule. Jarvis était prêt à tout du moment que Louanda le fournissait en drogue. Devant la fragilité du jeune camé, elle abandonna le projet et décida d'écrire les lettres anonymes pour effrayer Gary. Elle se délectait à l'idée qu'il se rongeât les sangs de peur que le témoin pût parler. Maigre consolation.

Charlie n'allait jamais sur des sites pornos, il n'allait sur aucun site, il n'avait pas d'ordinateur, juste un simple téléphone portable à clapet. Il lui arrivait de penser aux femmes, bien sûr, mais de si loin. Parfois la vue d'une belle jeune fille le transportait dans des rêves qui n'avaient rien d'érotique, Charlie imaginait une femme simple, douce et gentille qui l'aimerait pour ce qu'il était. Les opérations de reconstruction du visage lui laissaient maintenant espérer qu'une telle rencontre était envisageable. Bien sûr, il ne serait jamais beau, mais il était prêt à compenser ce défaut par un amour et une tendresse «comme dans les films romantiques», avait-il l'habitude de se dire. L'océan de solitude qui entourait ce garçon depuis l'enfance ne l'avait pas rendu aigri ni mauvais, il était naïf, confiant et loyal. Cette pauvre femme qu'il avait effrayée et qui fut écrasée par un bus lui avait laissé des remords. Il avait réussi à les enfouir devant l'heureuse perspective des opérations de reconstruction de son visage, «je me rachèterai plus tard», s'était-il dit, «quand je serai présentable».

Lorsque le chirurgien vint lui demander pour la troisième fois de régler le solde de la première intervention et l'avance de la prochaine, Charlie continua à croire que Stephen allait honorer sa parole. Le chirurgien, en revanche, commença à avoir des doutes.

«Si vous ne faites pas la prochaine opération, la greffe ne prendra pas. Il faudra réopérer pour vous enlever tout ce qui a déjà été posé et vous repartirez à la case départ.»

Charlie frémit à cette idée, mais n'imagina pas un instant que Stephen pût lui faire faux bond. Il laissa un énième message.

Les plus attentifs, ou les plus sentimentaux, se demandent peut-être ce qu'il advient de la pauvre Nelly Shine. Le juge fut clément, son fils handicapé et la réputation de Stephen Brenner jouèrent en sa faveur. Elle passa pour une femme courageuse, honnête, bafouée, naïve, abusée, trompée, vous avez le choix. Une amende et un peu de prison avec sursis lui furent infligées. Elle retourna vivre à Temecula avec sa sœur et travaillait aujourd'hui comme serveuse la journée, et femme de ménage trois fois par semaine, tard le soir dans un bureau. Elle a fait la connaissance de Warren, un chauffeur-livreur, un grand gars viril au caractère bien trempé, autoritaire et soupe au lait. Ils se fréquentent depuis quelques semaines et passent le plus de temps possible ensemble. Warren s'est très vite proposé pour participer aux frais de l'institution de Bobby, ce qui fut un immense soulagement pour Nelly. Depuis, il n'est plus tout à fait le même. Il lui arrive de menacer Nelly de la frapper lors de discussions un peu vives ou bien lorsqu'il a bu quelques bières avec ses copains. Elle a peur, mais ne veut pas croire que Warren puisse faire de mal à quiconque. Et puis Bobby a repris sa routine, toutes les semaines, il voit sa mère, la couvre d'affection et va déjeuner à la même table avec sa mère et sa tante. Bobby est à nouveau heureux, et c'est tout ce qui compte.

8.
Les retrouvailles

Willie Sanchez est un homme méthodique, c'est une qualité indispensable lorsqu'on fait son métier. Son enquête l'emmène au Mexique où ses nombreuses relations le renseignent sur le fugitif. Tous les hors-la-loi recherchés par la justice américaine font appel à peu près aux mêmes réseaux, cela coûte cher et laisse des indices. Un de ces informateurs, le plus précieux aux yeux de Willie, est son père, Augusto Sanchez. Il habite dans un petit appartement de la banlieue de Monterrey et partage sa vie avec une matrone qui le terrorise. Il aime ça, elle aussi, ils ne se quitteraient pour rien au monde. Willie a loué une voiture, il lui reste une centaine de kilomètres à parcourir sur la route 40 vers Monterrey quand il s'arrête à une petite station-service. Il en existe encore quelques-unes le long des routes mexicaines, elles n'ont pas encore toutes été remplacées par ces immenses complexes, sortes de villes miniatures, où l'on trouve cinq restaurants, trois hôtels, deux supermarchés et accessoirement tous les types de carburants imaginables. Un pompiste, face labourée par le mescal et salopette ouverte jusqu'au nombril, s'approche. «Le plein!», dit Willie, avant d'aller dans la petite cahute pour échapper un instant au soleil et acheter de l'eau glacée. Le vieux pompiste obtempère et glisse le pistolet de la pompe dans le réservoir du véhicule sans quitter Willie Sanchez des yeux. Ce vieux pompiste est un ancien trafiquant de drogue, un homme de main de feu *El Caballo Loco*, le Cheval Fou, (c'est un surnom qu'il s'était lui-même choisi). El Caballo a régné sur le trafic de cocaïne pendant six ans, ce qui, dans ce domaine, peut être considéré comme une longue carrière. Sa femme légitime, Alicia, était réputée pour sa cruauté. On raconte que cette Sino-Mexicaine (son père était chinois originaire de Hangzhou) se chargeait en personne d'éliminer les concurrents et les traîtres. Elle prenait plaisir, après le meurtre, à maquiller le visage des cadavres selon son inspiration, puis à les photographier avant d'envoyer le cliché à la famille. Willie, chasseur de primes encore vert à l'époque, a œuvré à son arrestation. Passons sur les détails, signalons juste que c'était pour lui des débuts triomphants, ils lui ont assurer à la fois une réputation immédiate dans le milieu très fermé des chasseurs de primes et une haine indéfectible d'une partie de la mafia mexicaine. Sauco, notre vieux pompiste, a purgé à la suite de cette arrestation douze ans de prison et n'a jamais oublié le visage de celui à qui il devait cet internement forcé. Certes, Willie a perdu les traits juvéniles de l'époque, sa silhouette s'est arrondie, mais Sauco ne doute pas un instant de l'identité de l'automobiliste dont il remplit le réservoir. Willie sort de la cahute, laisse un généreux pourboire au vieux pompiste et remonte dans sa voiture. Avant de démarrer, il glisse la note d'essence dans une grande enveloppe en kraft après avoir noté dessus le montant du pourboire : deux dollars. Sauco a tout le temps d'inscrire le numéro de la plaque minéralogique sur un petit carnet. La voiture démarre, il la regarde s'éloigner et court téléphoner aux amis qui lui reste pour leur annoncer qu'il a retrouvé la trace de Willie Sanchez. Il en est ainsi du hasard, parfois indulgent, parfois cruel.

Lorsqu'on arrive au pied de l'immeuble d'Augusto, il n'est pas rare qu'on entende Alegra engueuler son concubin. Sa voix résonne dans la cage d'escalier recouverte de petits carreaux bleus ; toutes les fenêtres et les portes sont ouvertes dans l'espoir de créer un courant d'air qui n'arrive jamais ; la chaleur vous écrase, les ventilateurs qui tournent à plein régime n'y changent rien.

Un van blanc se gare devant l'immeuble quelques minutes après la voiture de Willie, les deux hommes à l'intérieur ne bougent pas.

Willie monte lentement les deux étages et une fois sur le pas de la porte, Alegra l'embrasse comme son propre fils, écrasant ses grosses joues humides contre le visage du chasseur de primes. Augusto, en débardeur, accueille le visiteur avec effusion et ordonne à Alegra de leur apporter une bouteille de whisky. Devant son fils, il tient tête à la matrone, il sera le maître chez lui le temps de la visite. Alegra joue le jeu, elle se vengera tout à l'heure.

— Alors ? demande le père. Comment ça va ?

Il a été policier pendant trente ans, il aurait aimé que son fils suive la même carrière et devienne flic à Monterrey ou même à Mexico. Il en fut autrement, la mère de Willie est américaine, une serveuse de bar au Texas. Lorsque ses parents se sont séparés, il avait quinze ans, et avait choisi de rester avec sa mère pour acquérir la nationalité américaine. Augusto a gardé des relations autant dans la police que parmi les truands, la frontière entre les deux au Mexique est parfois floue. C'est ainsi que le père peut aujourd'hui renseigner son fils sur Stephen, le Yankee ne passe pas inaperçu, son nom, son visage, sont connus.

— C'est le gars qui fait ses cochonneries sur Internet. Des putes et des pédés partout.

Augusto s'exprime ainsi dans le seul but d'énerver Alegra, elle ne supporte pas les grossièretés, non pas qu'elle soit d'une distinction remarquable, mais elle a des principes. Elle n'ose cependant pas reprendre le père en présence du fils.

— Il passe pas inaperçu ce trou du cul. Il doit combien déjà ?

— 65 millions.

— L'enculé ! Je comprends qu'il se soit fait la malle.

Les oreilles d'Alegra sont mises à rude épreuve, elle lance un regard assassin à Augusto.

— Tu as appris des choses sur lui ? demande le fils.

Oui. Augusto sait déjà beaucoup de choses. Stephen aurait été vu à Mazatlán, station balnéaire sur le chemin de Mexico. Il s'y serait installé provisoirement.

— Il y passera quelques semaines pour s'envoyer en l'air. Quand il en aura marre de la mer, du soleil et de mater des culs, il filera à Mexico pour se faire oublier, ajoute Augusto, plutôt fier de lui.

Willie finit son verre de whisky.

Augusto a déjà fini le sien, il en prendrait bien un second au moment où Alegra attrape la bouteille à la volée pour la ranger.

— Tu restes pour déjeuner ! dit-elle.

Ce n'est pas une question, c'est un ordre. Willie obéit. Il fera tout de même une note de frais pour deux repas, ce sera toujours ça de gagné.

Dans le van blanc, les occupants redémarrent le moteur pour faire fonctionner la climatisation.

Mazatlán est une ville moyenne dotée d'un port important, prisée pour son carnaval du Mercredi des Cendres et ses vastes plages de sable. Willie s'assure que Stephen y est bien resté une quinzaine de jours. Il a revendu sa Buick pour acheter une Mazda d'occasion des plus banales. On l'a vu prendre la route de Mexico. Augusto avait raison, Stephen va se noyer dans l'immense foule de la capitale. Willie n'a pas besoin de perdre son temps à le suivre, s'il veut lui mettre la main dessus, il doit d'abord trouver un moyen de lui faire repasser la frontière américaine. Cette fois, ce n'est plus un van de marque allemande qui le suit, c'est un 4X4 Toyota. Dans son rétroviseur, Willie peut apercevoir les deux hommes à l'avant. Il fait le tour de la ville, toujours escorté par ses suiveurs, il entre dans un parking, ressort, plus de doute, il est suivi. Il rend sa voiture de location, saute dans un bus et échappe à ses poursuivants. Il finit le voyage en avion. Il n'omet pas de glisser dans l'enveloppe en kraft la facture de Hertz, le ticket de bus et la facture correspondant au billet d'avion. Ce sont des frais imprévus, il ne pouvait pas savoir qu'il serait repéré.

La vue de Big Ben a baissé depuis son agression. Josy le regarde en train de lire, le visage collé à la feuille de journal, sous l'abat-jour d'une lampe à pied de 150 watts. Elle est triste pour lui. Et pour elle. Elle se console en se disant que c'est son gratte-ciel maintenant, elle peut prendre soin de lui. Lorsque son col de chemise n'est pas droit, elle dit : « ta chemise, baisse-toi », car elle est trop petite pour sortir le col coincé sous le pull. Et il se laisse faire, comme un enfant ou plutôt comme un impotent. Lorsqu'il met une veste, elle vérifie toujours en un coup d'œil qu'il n'a pas boutonné Pierre avec Paul. Et lorsque c'est le cas, elle déboutonne et remet les choses en ordre sans dire un mot. Elle repense à cette phrase de Nietzsche dont Big Ben semblait mettre en doute l'à-propos : « ce qui ne te tue pas te rend plus fort ». Elle a certes arraché Big Ben à la nuit éternelle grâce à son abnégation, et, pensait-elle, à son amour sincère. Mais était-il plus fort ?

— Tu m'aimes ? demande régulièrement Josy.

— Moi ? Si je t'aime ? Tu plaisantes j'espère, répond systématiquement Big Ben sans même lever le nez de son journal.

Le téléphone sonne, il est déjà tard, ils se regardent, il décroche.

— Allô ?

— Bonsoir, je ne vous dérange pas j'espère, je voudrais parler à Josy Brenner s'il vous plaît.

— Qui est à… à… Qui est-ce ?

— Willie Sanchez.

— Willie Sanchez ? Willie ? C'est toi ? C'est moi ! Big Ben ! Ça alors, comment vas-tu ?

9.
À la nôtre !

Charlie avait supplié le chirurgien de le croire, c'était une question de jours, il aurait bientôt l'argent. Les jours devinrent des semaines et la décision fut prise de ne plus attendre, on programma une intervention pour retirer le greffon déjà en place. Charlie, désespéré, se mit à pleurer devant l'infirmière qui le préparait à passer dans la salle d'opération, elle en fut émue, mais ne trouva pas les mots pour le réconforter. Quelques jours plus tard, il ressortit de l'hôpital entouré de toute la compassion de l'équipe médicale, le visage enroulé dans son vieux foulard. Le frère de Carolina (de son vrai nom Prudence, mais peu importe), celle qui, effrayée par Charlie, fut écrasée par un bus, n'avait pas laissé la police en paix afin qu'ils retrouvassent celui que tous appelaient : le Monstre. Son portrait-robot était encore largement diffusé, les autorités craignaient qu'il ne s'agît d'un déséquilibré prêt à récidiver. Charlie regagna son humble caravane que les araignées avaient méthodiquement colonisée pendant son absence. Il resta allongé pendant des jours, ne se levant que pour se nourrir des produits avariés stockés au fond de son petit réfrigérateur. Puis, il fut bien obligé d'aller s'acheter de la nourriture, il alla dans le magasin ouvert 24 heures sur 24, à quelques centaines de mètres de son gîte. Pour la première fois de sa vie, il connut la dépression. C'est difficile à croire, mais ce garçon abandonné de tous, rejeté, banni, n'avait jamais expérimenté l'effondrement. L'idée du suicide lui était totalement étrangère. Il avait connu le chagrin, la tristesse, la mélancolie, mais ce caractère admirable persistait à croire en l'avenir. Cette fois-ci, au retour de l'hôpital, il prit la mesure de sa complète solitude. Sa bonté naturelle l'empêchait néanmoins d'en vouloir à Stephen, « il a dû lui arriver quelque chose de grave », se disait-il. Ces pensées se bousculèrent dans cette tête à la face amputée pendant plusieurs jours, jusqu'au moment où il entendit des pas autour de son abri. S'il était nécessaire d'insister sur la nature optimiste de ce garçon, nous avouerions que, pendant quelques secondes, il s'imagina que Stephen venait lui rendre visite pour lui prêter l'argent promis. Cette éventualité s'évanouit quand il entendit une voix crier :

— Police ! Y a quelqu'un ?

Une autre voix chuchota :

— Défonce la porte !

La porte de la caravane explosa. Charlie se couvrit le visage, comme il avait l'habitude de le faire quand il avait de la visite.

— C'est toi Charlie ? dit un policier, arme au poing.

— Oui.

— Montre-nous ton visage.

Et il retira le drap qui le recouvrait. Les policiers firent une grimace de dégoût.

— On a notre homme.

Un client de l'épicerie l'avait reconnu.

Il fut incarcéré, un avocat nommé d'office plaida sa cause sans passion, et Charlie dut attendre son procès en prison ; il risquait une sentence de plusieurs années. A-t-il dévoilé que Stephen Brenner, le condamné en fuite, était le commanditaire de cette mauvaise farce qui tourna au tragique ? Impossible de le savoir. Ce dont on est sûr, c'est que les autorités ne prirent pas la peine de lui réserver une cellule pour lui tout seul, tant et si bien que, comme il eut été facile de le prévoir, ses codétenus en firent leur souffre-douleur. Quelques semaines plus tard, Charlie fut retrouvé mort. Suicide ? Assassinat ? Aucune certitude, personne en tous cas ne fut inquiété.

C'est ainsi que prit fin le calvaire du pauvre Charlie.

Willie fait un aller-retour Mexico-Los Angeles en avion aux frais de Gary, il est attendu pour dîner, et Josy compte faire honneur à son invité. Rien d'étonnant dans le fait que le chasseur de primes et Big Ben se connaissent, ils ont tous les deux travaillé pour Donald Banks. Josy s'est habillée pour la circonstance : des talons comme des flèches de cathédrale, une robe étroite et jaune poussin, sans oublier une coiffure sculptée comme un ornement gothique. Elle a préparé un dîner français, au champagne, « comme ils faisaient chez Napoléon », précise-t-elle à Big Ben qui craint que ce soit inutile d'en faire autant :

— C'est un type simple, comme moi, il risque d'être intimidé par le côté français, il a pas l'habitude.

— Laisse-moi faire, lui répond Josy, tu sais pas ce que c'est que de recevoir.

Willie arrive à l'heure, Josy aurait parié qu'il se présenterait avec un bouquet de fleurs, mais il n'en est rien, il arrive avec un sauvignon blanc sud-africain à 4,65 dollars dont il a glissé la note dans son enveloppe en kraft.

« Un plouc. Pas étonnant, un Mexicain », se dit Josy pleine de préjugés que nous nous empressons de condamner fermement.

Les deux amis, heureux de se retrouver, se font une accolade chaleureuse, malgré la différence de taille.

— Du champagne ? demande Josy.

— Si vous avez une bière, je suis preneur, répond Willie.

Quelques souvenirs échangés et deux ou trois anecdotes plus tard, on passe à table.

— Ça s'appelle un poulet basquaise ! dit Josy en posant le plat sur la table.

— Josy a des origines françaises, précise fièrement Big Ben.

— Ah oui ?

Willie ne sait pas où est la France. Il a juste entendu parler de Napoléon-je-sais-plus-quel-numéro et de soldats français qui ont accompagné Maximilien 1er, l'éphémère empereur du Mexique, fusillé par les hommes de Juárez. Après cette rapide évocation historique, on passe aux choses sérieuses : comment faire repasser la frontière américaine à Stephen Brenner ? Josy et Big Ben ont une idée, Willie la trouve excellente. Josy propose un toast :

— Alors à la nôtre ! clame-t-elle en français et en levant son verre.

— À la quoi ? fait Willie

— C'est du français, précise fièrement Big Ben.

10.
French Cancan

Louanda suit Gary depuis plusieurs semaines, elle connaît maintenant ses habitudes. Il vit seul, sort beaucoup, partage son temps entre sa villa et son appartement en ville. Il prend ses enfants une fois par semaine et les emmène déjeuner dans un fast food au coin de la rue. Louanda a poursuivi ses envois de lettres anonymes. La dernière est plus précise: «Deux millions de dollars ou je te dénonce à la police. Je sais tout. Tu es l'assassin de Jim.» Gary n'a d'autre solution que d'attendre, le maître chanteur devrait se dévoiler ou lui laisser des instructions. Mille fois Gary a refait la scène sur le parking abandonné. Il pousse Jim qui tombe lourdement en avant, lui donne des coups de pied rageurs dans le ventre (il se souvient encore de l'étrange sensation de rebond sur la bedaine de sa victime), puis il a frappé le visage, moins fort lui semble-t-il, comme s'il se retenait par peur de faire trop mal. Ensuite, les convulsions, le corps a semblé se raidir, la bave a coulé entre ses lèvres et puis plus rien. Gary a regardé autour de lui plusieurs fois pour s'assurer que personne ne l'avait vu, il a couru dans tous les sens pour récupérer le contrat — qu'il a brûlé dans sa cheminée — et il s'est enfui. Comment un témoin aurait-il pu assister à la scène? Et pourquoi ce chantage maintenant, pourquoi pas plus tôt? Gary a failli retourner sur le parking, pour mieux se rendre compte, et puis il a renoncé. Il ne sait pas qu'il n'a plus rien à craindre, le pauvre Jarvis est mort percuté par un train de banlieue.

Les petits Katz ont maintenant 11 et 13 ans. Ils n'ont pas souffert de la séparation de leurs parents. Janet a, du reste, passé son temps à répéter que leur père allait bientôt revenir vivre à la maison. Ils s'installent tous les trois à une table pour déjeuner, ils connaissent la carte par cœur, ce qui ravit les enfants, ils n'aiment pas les changements. À peine assis, ils savent déjà ce qu'ils veulent et l'annoncent bruyamment à leur père qui préconise d'attendre la serveuse. Ils passent la commande. Gary, comme tous les pères séparés, a besoin de faire preuve d'inventivité pour trouver des sujets de conversation. «Alors comment ça va à l'école?» ou «et les copains, ça va?» déclenchent des réponses trop courtes. Alors que Gary se creuse la tête, Louanda entre dans le restaurant et vient s'asseoir à la table sans y avoir été invitée. Elle est «en civil», si l'on peut dire, une petite robe discrète, maquillée, coiffée, Gary la reconnaît sur-le-champ.

— Bonjour, les enfants, fait-elle avec un sourire pincé.

— C'est qui la dame papa? dit la petite, effrayée.

— C'est pas une dame!

— Je suis une amie de votre papa.

— Je vous connais pas, dit Gary, allez-vous-en.

— Il faut qu'on se parle, monsieur Katz, vous voulez bien venir dehors avec moi?

— Pourquoi je vous suivrais dehors?

— J'ai quelque chose à vous montrer.

Gary se lève lentement, demande à ses enfants de continuer, il revient tout de suite.

Sur le trottoir, Louanda réitère sa demande: deux millions, en liquide, dans un sac, elle reviendra la semaine prochaine, ici, dans ce restaurant, pour récupérer l'argent.

— Alors c'est vous qui me faites chanter... Vous avez des preuves, j'imagine.

— Oui.

— Lesquelles?

— Une copie du contrat que Jim voulait vous faire signer.

Elle sort le contrat de son sac et le tend à Gary. Il regarde, c'est bien une copie du contrat de Jim.

— Et qu'est-ce que ça prouve?

— Vous avez préféré le tuer que de signer ce contrat.

— Jim est mort d'une crise cardiaque.

— À cause de vous.

— Et vous pensez m'extorquer deux millions avec ça? Si vous aviez des preuves, vous m'auriez dénoncé à la police, vous ne me feriez pas chanter! Dénoncez-moi! Qu'est-ce que vous attendez?

Gary a envie de frapper cet homme habillé en femme, il jette un coup d'œil vers la vitrine du restaurant, les enfants ne ratent rien de la scène.

Il est en rage, il attrape Louanda au collet, et arrache quelques-uns de ses nombreux colliers.

— Allez ! Vas-y ! Qu'est-ce que t'attends, espèce de salope ! Va à la police ! Tu viens me voir devant mes enfants pour m'accuser de meurtre ! Je vais te faire la peau !

Il secoue Louanda qui tente de s'échapper. Des passants s'arrêtent, certains songent à intervenir. La scène est étrange, embarrassante, laide. Un homme, hors de lui, vociférant, secoue cette grande silhouette. Louanda frappe Gary au visage, plusieurs fois. Les mains de Gary enserrent maintenant le cou de Louanda, sa perruque se détache, elle suffoque, continue de frapper le visage de Gary. Les enfants, dans le restaurant, se mettent à hurler. Des clients sortent pour séparer les deux adversaires. Gary finit par lâcher prise. Il reprend son souffle. Louanda, un genou à terre, ramasse sa perruque, tousse, éructe.

— Je vais leur montrer tes lettres, c'est moi qui vais te dénoncer comme maître chanteur, et tu iras en taule. Bonne journée… monsieur.

Gary s'éloigne, des passants s'inquiètent pour Louanda qui leur assure que ce n'est rien, ça va aller. Elle ramasse son sac, les bouts de colliers qui traînent et le contrat de Jim.

Gary a tourné les talons et rejoint ses enfants. Sa petite fille est en larmes, le petit garçon, la bouche grande ouverte, reste muet.

— Allez, on s'en va.

Dans le restaurant, plus aucune conversation, juste la musique d'ambiance. Gary et ses enfants s'éloignent vers la voiture.

Louanda reste seule, humiliée, désarmée. Ce « Bonne journée, monsieur » l'a blessée. Louanda n'était pas une militante, loin de là, elle ne se gênait pas pour aller en cuissardes et mini-jupe dans les toilettes des hommes pour pisser à côté des autres garçons. Elle se délectait de leur effarement et de leur gêne. Louanda, c'était le scandale permanent, voilà ce qu'elle a réussi, elle ne représentait qu'elle-même. Ça n'a pas été sans obstacles. Bryan, alias Louanda, a grandi dans un quartier pauvre, seul avec ses quatre frères et sœurs et sa mère. À l'adolescence, Bryan s'introduisait dans la chambre d'une amie de la famille un peu plus fortunée pour essayer des robes, des collants, des escarpins. Le jour où on le surprit, ce fut un esclandre, mais Bryan fut soulagé. La suite, on ne la connaît pas, on devine que ce n'était pas facile. Toujours est-il que Louanda était aujourd'hui respectée, admirée et appréciée de tous. Elle faisait son métier de putain avec sérieux, avait le luxe de choisir ses clients et n'était sous la coupe d'aucun mac. Personne n'aurait osé lui faire du mal ou lui reprocher quoi que ce soit. Mais en voyant Gary rejoindre ses enfants, derrière la vitrine de ce restaurant, sa gorge se serre, une larme épaisse et lente coule sur sa joue. Elle se sent pitoyable et perdue. Sans avenir, sans lien avec le monde. Jusqu'à quand pourra-t-elle jouer la putain flamboyante sur Hollywood Boulevard ? Le temps viendra où il faudra se retirer, se faire discrète, rentrer dans le rang, ce qui est plus confortable avec de l'argent. Elle en a mis de côté, évidemment. Si seulement elle avait pu soutirer deux millions de dollars à Gary, mais c'était sans espoir. Elle pense que Jim lui manque affreusement et elle s'éloigne avant de tourner au coin du boulevard.

Lorsque ses enfants sont avec leur père, Janet et Finn ont la maison pour eux et ils en profitent. Finn sonne, « Qui est-ce ? », fait innocemment Janet, « C'est pour la visite, vous êtes disponible ? », répond Finn d'un air coquin, « Je ne crois pas, je ne suis pas dans une tenue très correcte », ajoute Janet. « Oh, ça ne me dérange pas », répond Finn. Et Janet ouvre prudemment la porte pour que son amant se glisse à l'intérieur. Aujourd'hui, c'est une danseuse de French Cancan qui l'accueille. Un porte-jarretelles rouge vif, des bas noirs, des petites bottines à lacets, les cheveux relevés en chignon, elle soulève son jupon en regardant Finn droit dans les yeux, il baisse le regard et découvre qu'elle a oublié de mettre une culotte.

« Bienvenue », dit Janet en français, ce qui éveille chez Finn les instincts les plus triviaux. L'air détaché, Janet commence par fredonner l'air d'Offenbach avant de se retourner. Elle se penche en avant et soulève entièrement son jupon…

Finn tombe à genoux.

Ils n'entendent pas les clefs que Gary glisse dans la serrure (il a gardé les clefs de la maison, Janet avait insisté pour qu'il en fût ainsi). L'épisode Louanda au restaurant a tant perturbé les enfants qu'ils ont voulu rentrer à la maison sans déjeuner. Le père et les deux enfants arrivent au meilleur moment : Janet, pliée vers l'avant, le jupon retourné sur le visage, ne voit plus rien, elle continue de fredonner l'air d'Offenbach pendant que Finn, à genoux derrière elle, est au paradis, la tête dans la lune.

« Maman ? », s'inquiète l'aîné, brisant ainsi le charme de ce joli moment de débauche. Maman se redresse et se met à hurler avant de s'enfuir. Finn, passé le moment de consternation, sort de la maison non sans bousculer Gary dans sa précipitation. Gary suggère aux enfants d'aller dans leur chambre avant de rejoindre Janet qui a enfilé un peignoir pour dissimuler ses froufrous.

C'est sans doute une journée dont les deux petits Katz se souviendront longtemps.

« La plus grande preuve d'humanité est d'éviter la honte à quelqu'un », disait le philosophe préféré de Josy. Alors soyons charitables, laissons Janet et Gary s'expliquer entre eux et retrouvons Sauco, le vieux pompiste. On se souvient qu'il avait prévenu ses amis mafieux de la présence de Willie Sanchez au Mexique. L'information était remontée très haut. Ordre fut donné de le suivre, si l'occasion se présentait, de le supprimer. Cela ne fut pas possible, on changea de stratégie. Désormais, une voiture stationne devant l'immeuble duquel on entend les vociférations coutumières d'Alegra. Augusto n'y fait pas attention, il observe par la fenêtre les voitures passer dans sa rue. Lorsque l'une d'elles, à la recherche d'une place, s'arrête à la hauteur de la vieille Pontiac crème pour demander à son occupant s'il compte s'en aller, il répond systématiquement « non ». Augusto ne met pas longtemps à comprendre : quelqu'un surveille l'immeuble. Son instinct lui dit qu'il ne s'agit pas de la police. Son fils l'avait prévenu, il avait été repéré : « Ils vont attendre quelques jours dans l'espoir que je revienne te rendre visite, mais vous devriez peut-être partir une semaine ou deux, c'est plus sûr. »

Augusto avait proposé à Alegra d'aller passer un moment au bord de la mer, juste tous les deux : une petite chambre face à l'océan, balades sur la plage et le soir, du poisson grillé et des fruits de mer. Ce fut un refus catégorique ainsi exprimé : « Qu'est-ce que tu veux que j'aille foutre au bord de la mer avec un gros cochon comme toi ? »

Augusto n'avait pas insisté.

Il quitte son poste d'observation à la fenêtre, va chercher son fusil de chasse à chevrotine et le nettoie consciencieusement.

11.
Les bijoux

La Lakewood Nursing Home est une maison de retraite de taille moyenne ; 43 chambres accueillent 75 pensionnaires, surtout des femmes en vérité, car, on le sait, elles sont frappées d'une terrible malédiction : elles vivent souvent très âgées. C'est un bâtiment de deux étages, la façade donne sur le jardin et possède de nombreuses fenêtres à barreaux qui ne sont pas sans évoquer une prison. Quand la journée n'est pas trop chaude, les pensionnaires s'installent dehors sur des bancs posés çà et là à l'ombre, ils restent assis longtemps, sans bouger, si bien qu'ils donnent l'impression de statues disséminées dans la végétation. Une de ces pensionnaires s'appelle Ava Brenner, c'est la mère de Stephen. Son fils venait lui rendre visite de temps en temps jusqu'au jour où il ne vint plus. Ava ayant totalement perdu la tête, elle ne reconnaissait plus son fils, Stephen considéra que cela le dispensait de venir la voir. Josy, pris de pitié pour la vieille dame, rendait visite à sa belle-mère tous les trois mois environ afin de s'assurer qu'elle ne manquait de rien, elle avait, du reste, besoin de fort peu. Ava était une petite femme chétive soutenue par un déambulateur et toujours vêtue d'une robe à fleurs. Josy effectua sa visite trimestrielle. Elle était toujours chaleureusement accueillie, le personnel l'aimait bien. On l'accompagna dans le jardin où la vieille dame se reposait, on eut du mal à la repérer, sa robe se confondant avec les parterres fleuris. Josy s'assit à côté de sa belle-mère et lui dit doucement bonjour. La pensionnaire sembla ne pas l'entendre et ne tourna même pas la tête. Son regard, perdu à jamais vers des horizons inconnus, exprimait un mélange de lassitude et de détresse. Josy resta ainsi quelques minutes, gagnée par une mélancolie extrême, elle songea à son propre sort. Que deviendra-t-elle si par malheur elle survivait aussi longtemps ? Que se passait-il dans la tête d'Ava ? Se passait-il encore quelque chose ? « Vous avez une très jolie robe, Ava», dit Josy la gorge serrée. Ce compliment sembla faire réagir la vieille dame, car la coquetterie chez certaines femmes était la dernière chose qui se dissolvait avec le grand âge. Après un long moment passé en silence aux côtés d'Ava, Josy fit quelques pas dans le jardin et, croisant une infirmière, elle demanda des nouvelles d'Eugenia. Eugenia est une employée de la Lakewood Nursing Home depuis des années, au fil des visites, Josy et elles avaient sympathisé. Les deux femmes possédaient non seulement des points communs dans le caractère, mais elles se ressemblaient physiquement, on n'aurait eu aucun mal à les croire sœurs. Elles s'étaient d'ailleurs reconnues, d'une certaine façon, puisqu'une bienveillance immédiate les liait. Eugenia, pieuse comme une Portugaise, avait invité Josy à la confirmation de son fils Arturo, ce qui était une marque d'amitié et de confiance. La sympathie qu'elle éprouvait pour Josy était égale à l'antipathie qu'elle nourrissait pour Stephen, ce mauvais fils qui laissait sa pauvre mère dépérir toute seule. C'était son jour de congé, elle serait là demain. Josy appela Eugenia au téléphone qui fut ravie de l'entendre. Après les échanges rituels, elles prirent rendez-vous le lendemain pour boire un café.

Josy raconta tout. Stephen avait fui au Mexique sans honorer sa signature, Josy avait droit à une part de sa fortune (elle ne précisa pas le montant de la somme réclamée), il était donc urgent de faire revenir le déserteur et Eugenia pouvait l'aider. La *nurse* ne fut pas longue à se laisser convaincre. Voici le plan ourdi par Willie, Big Ben et Josy : Willie se débrouillerait pour faire savoir à Stephen que sa mère était morte. Il était fort à parier qu'il prendrait le risque de rentrer aux *USA*, non pas pour rendre un dernier hommage à sa génitrice, mais pour récupérer une partie de sa fortune. Car Ava avait épousé en deuxième noce un homme riche, mort depuis longtemps et avec lequel Stephen était en froid dès le début. L'époux défunt s'était enrichi grâce à d'habiles spéculations immobilières dont la légalité fut mise en cause par la justice peu de temps avant sa mort. Ava avait épousé un homme riche, elle devint la veuve d'un homme ruiné. Cependant, il avait eu la bonne idée, du temps de sa gloire, de mettre au nom de sa femme trois appartements à Newport Beach, au sud de Los Angeles, valant aujourd'hui quelques millions de dollars. Lorsqu'elle perdit ses moyens, un cabinet d'avocats géra pour elle son capital immobilier, elle était donc à l'abri du besoin, et la maison de retraite était régulièrement payée. Ava possédait également des bijoux, offerts par le mari prodigue, et précieusement conservés dans un coffre scellé dans un mur de la Lakewood Nursing Home. Ava avait sans aucun doute oublié les bijoux comme tout le reste, seuls Stephen et Josy en connaissaient l'existence sans savoir cependant à combien se montait ce pécule. Ava, prudente, était toujours restée vague à ce propos.

Le jour où elle disparaîtra, les bijoux reviendront au fils ingrat.

Lorsqu'il apprendra le décès de sa mère, Stephen téléphonera à la maison de retraite et Eugenia lui confirmera la triste nouvelle. Stephen s'est sûrement déjà procuré des faux papiers, ce qui n'est pas trop compliqué au Mexique, il louera une voiture pour traverser la frontière et devrait débarquer une dizaine de jours plus tard pour récupérer les pierres précieuses. Willie n'aura plus qu'à attendre tranquillement le fugitif pour le coffrer et le remettre à la police.

Pour remercier Eugenia de son aide, Josy lui proposa de l'argent, non pas pour elle — ce serait humiliant — mais pour son fils le jour où il irait à l'université. Eugenia feignit le refus avec outrance :

— Ah non, mais tu rigoles, c'est hors de question ! De l'argent ? Alors là, je vais me vexer.

Pendant que Josy jouait l'implacable détermination :

— Ah, mais si ! Non, je suis désolée, c'est normal ! C'est pas pour toi, c'est pour ton fils ! Je suis désolée ! Alors dans ce cas, on annule, on annule tout, tant pis !

La comédie une fois terminée, Josy donna mille dollars à Eugenia qui accepte.

Elle s'attendait à plus.

12.
Las piernas

L'agglomération de Monterrey entoure une réserve naturelle appelée *Cerro del Topo Chico*, la colline de Topo Chico. C'est un massif montagneux de 7,5 kilomètres de long sur deux kilomètres de large, le point culminant est à 1 178 mètres. De ces cimes coulent une bienfaisante eau minérale, la Topo Chico, elle est appréciée de tous ceux qui boivent de l'eau. Au sud de cette réserve, on trouve un quartier qui porte le même nom, Topo Chico, et si l'on est assez courageux, malgré la chaleur étouffante, pour descendre encore un peu plus au sud, on tombe sur la prison de Topo Chico, célèbre, elle aussi, mais cette fois pour la dangerosité de ses pensionnaires et la violence de ses mutineries. On y trouve les brutes les plus terrifiantes de l'hémisphère nord entassées dans des cellules crasseuses, le plus souvent pour la vie. Le jeune Irenio n'a pas 20 ans, il a déjà été condamné plusieurs fois à la perpétuité, il est tatoué sur tout le corps et notamment sur le visage et le crâne. Son allure effrayante n'entame en rien sa grande beauté, Irenio a un physique de jeune premier, des yeux de diamant, et on ne peut s'empêcher de penser que c'est encore plus triste d'être tatoué et enfermé à vie quand la nature vous a ainsi favorisé. Après plusieurs mutineries sanglantes, les prisonniers les plus redoutables ont obtenu que les cellules restent ouvertes la journée au sein d'un même quartier. Ainsi, le quartier nord des condamnés à perpétuité réunit une quinzaine de geôles, et on circule librement de l'une à l'autre. La plus spacieuse, celle du bout, est réservée à Pepe. Qui est Pepe ? Un baron de la drogue qui tomba à la suite de l'arrestation d'El Caballo Loco dont nous avons évoqué la cruelle épouse. Pepe est une figure, un parrain, il continue de diriger son cartel, même s'il n'est plus aussi puissant, de sa cellule. Il verse un substantiel complément de salaire aux gardiens de la prison qui, en échange, savent fermer les yeux. Le jeune Irenio est le seul autorisé à rendre visite à Pepe sans se faire annoncer, précisons qu'ils sont très proches, Irenio s'attache à assouvir tous les désirs de son protecteur. Il a aussi la charge de faire passer les messages importants, il avait informé Pepe que Willie Sanchez était en ville. L'ordre fut donc donné, nous l'avons vu, de surveiller la demeure d'Augusto.

Après quelques semaines d'attente, Willie Sanchez ayant disparu dans la nature, Pepe s'impatienta et décida qu'il était temps de donner une leçon à Willie en exécutant Augusto et Alegra.

Stephen était au Mexique depuis maintenant huit mois. Il louait un appartement dans le quartier résidentiel de Coyoacán, célèbre pour avoir hébergé Léon Trotsky (il y fut assassiné) et Frida Kahlo. Tous les matins à l'aube, il sortait prendre un petit-déjeuner dans une échoppe à ciel ouvert, puis il marchait longtemps et rentrait avant que la chaleur ne l'assommât. Le guide de la ville qu'il s'était procuré qualifiait la cité de *vibrante*, il avait bien l'intention de vibrer, mais pour l'instant, il se faisait prudent et discret. Son quotidien s'illumina le jour où il fit la connaissance d'Elena. Dans le restaurant où il avait ses habitudes, la jeune femme, dont les longues jambes l'avaient mis dans un état d'affolement immédiat, l'avait secouru. Cet exil forcé obligeait Stephen à admettre qu'il n'était pas doué pour les langues et il avait, ce jour-là, le plus grand mal à se faire comprendre d'un serveur. Il revint plusieurs jours de suite avec l'espoir de la revoir, les jambes de la jeune femme ayant peuplé ses rêves. Il la revit en effet et ils firent plus ample connaissance. Stephen fut déçu d'apprendre qu'Elena était mariée, mais heureux que ce fut à un chauffeur de taxi qui dormait le jour et travaillait la nuit. Passons sur la période de séduction qui n'a pas d'intérêt particulier (elle lui proposa de lui donner des cours d'espagnol à domicile) et constatons qu'elle céda, dans un délai néanmoins raisonnable, aux avances de l'Américain. Ils partagent désormais leur temps entre l'amour et les cours d'espagnol. Assise bien droite sur une chaise, ses deux gambettes croisées l'une sur l'autre (Elena porte des shorts qui lui vont très bien), elle fait réciter à Stephen les conjugaisons du verbe « avoir » : *Yo tengo, tù tiennes, él tienne.* Stephen répète bêtement sans rien retenir, et la leçon finit toujours dans la même position : l'élève allongé entre les pinceaux de la maîtresse. Stephen a du mal à y croire, et nous aussi, mais il est amoureux. « Quelle heureuse, magnifique surprise ! Je suis riche et amoureux ! », se dit-il.

Et voici l'état de félicité dans lequel se trouve le fugitif Stephen Brenner, au moment où deux hommes montent lentement l'escalier de l'immeuble d'Augusto.

13.
Et puis quoi encore ?

C'est étonnamment calme chez Alegra et Augusto. Pas de cris, pas d'invectives, à croire qu'ils sont absents. Deux tueurs gravissent lentement les marches de l'immeuble, l'un derrière l'autre, ils comptent s'arrêter au deuxième étage, à droite. Ils regardent les petits carreaux bleus qui recouvrent les murs, l'un d'eux dit en chuchotant : « on dirait une piscine », l'autre pose son index sur sa bouche pour lui enjoindre de se taire.

Augusto passe ses journées à la fenêtre, son fusil de chasse chargé dissimulé derrière les rideaux. Il connaît Pepe et la prison de Topo Chico, il sait mieux qu'un autre ce qu'il s'y passe. De sa cellule, le parrain est tout à fait en mesure de commanditer des assassinats, Monterrey est sa ville, son fief, les tueurs professionnels prêts à lui rendre service en échange de quelques milliers de dollars ne manquent pas. C'est ainsi qu'au Mexique des gens se font exécuter tous les jours sans que l'on ne retrouve jamais les assassins. Lorsqu'il voit par sa fenêtre une voiture s'arrêter en double file sans éteindre le moteur et deux hommes en sortir avant de pénétrer dans son immeuble, Augusto demande à Alegra de s'enfermer dans la chambre. Son ton de voix n'appelle aucune réplique, elle obéit sur-le-champ, s'enferme et se blottit à genoux derrière le lit. Augusto n'a pas de plan précis. Il entrouvre la porte de son appartement et se poste devant, son fusil pointé vers les visiteurs.

Les deux tueurs ralentissent le pas, ils trouvent ce calme inquiétant, ils savent qu'en face, il s'agit d'un ancien flic. Arrivés sur le palier, ils se placent prudemment de chaque côté du chambranle de la porte. À l'intérieur, Augusto, le doigt sur la gâchette, sait qu'il n'a droit qu'à deux coups. C'est de la chevrotine, il doit viser la tête, ou le bas du ventre, pour être certain de faire très mal. Les deux assassins se concertent d'un signe, et l'un d'eux pousse doucement la porte avec son arme avant de se dissimuler à nouveau, la porte pivote lentement sur son axe et s'immobilise en position ouverte, si bien qu'Augusto pointe son fusil sur un palier vide, à moins d'un mètre des deux tueurs, dissimulés de chaque côté. Il peut entendre le souffle rapide des assassins, son cœur bat puissamment, il sent ses fibres musculaires irriguées par l'adrénaline qui jaillit dans ses veines, il a l'impression d'avoir vingt ans de moins. Il est heureux.

Les trois hommes restent ainsi de longues secondes sans se voir. La sueur inonde leur visage, dégouline, leur pique les yeux, ils doivent résister à l'envie de s'essuyer. Augusto crie : « Alegra, la porte est ouverte, je suis occupé, tu peux aller voir qui c'est ? » Les deux tueurs d'un seul coup d'œil décident d'entrer dans l'appartement armes au poing. Le premier n'a pas fait un pas qu'il prend une décharge en plein visage. Il hurle et recule sous l'impact, bousculant le second qui tombe. Augusto, en trois pas, est sur lui et pose le canon de son fusil sur la gorge du tueur encore valide, celui-ci lâche son arme et demande grâce. Les rugissements de douleur du premier qui se tord comme un ver coupé en deux alertent les voisins. Le sang et la chair coulent entre ses doigts qui recouvrent son visage. Il parvient à se relever et va pour redescendre les escaliers, il tombe la tête la première et s'écrase sur le mur du bas, inconscient ou mort. Le second tueur profite d'un moment d'inattention d'Augusto pour saisir le canon fusil et repousse violemment la crosse de l'arme qui fend la mâchoire d'Augusto. Il lâche le fusil. Le tueur dévale les escaliers. Il pousse une vieille femme qui chute lourdement en arrière. Quelques secondes plus tard, on entend, dans la rue, une voiture démarrer en trombe. La vieille dame, Seniora Ballestero, mourra durant son transfert à l'hôpital.

Irenio a la désagréable tâche d'annoncer à Pepe que l'opération a tourné au fiasco. Étonnant de voir cette brute d'Irenio s'avancer comme un petit garçon pris en faute pour raconter comment les deux tueurs ont été mis en déroute. Le premier a réussi à s'enfuir et l'autre, défiguré, est entre la vie et la mort à l'hôpital. La famille du malfrat blessé demande un peu d'argent pour payer les frais médicaux. Pepe écoute en silence. Il est en train de manger, il fait signe à Irenio de lui remplir son verre de vin, Irenio s'exécute. Il porte le vin à ses lèvres et dit, juste avant de boire : « et puis quoi encore ? Il avait qu'à faire correctement son boulot ».

14.
Six poignées de main

La théorie dite « des six poignées de main » est l'invention du Hongrois Frigyes Karinthy. En 1929, dans un recueil de nouvelles, intitulé : *Tout est différent*, l'une des histoires évoquait la possibilité que chaque individu soit relié à un autre, où que ce soit dans le monde, à travers une chaîne comportant au plus six maillons. Cette théorie sera reprise plus tard par des sociologues et des statisticiens, certains calculèrent que le nombre de maillons se situerait entre trois et six. Le développement des moyens de communication modernes a contribué à diminuer le nombre de maillons de façon spectaculaire, mais on sera tout de même surpris d'apprendre que Willie et Stephen ont une connaissance en commun.

Revenons quelques semaines auparavant pour comprendre comment Willie a retrouvé la trace de Stephen.

Les Américains en fuite au Mexique, lorsqu'ils ont de l'argent, s'installent dans des quartiers résidentiels, d'abord parce que c'est ce que l'on fait quand on a des moyens, et ensuite parce que les quartiers pauvres peuvent être dangereux, il vaut mieux y avoir des amis. Le champ d'investigation de Willie s'en trouve donc restreint, mais Mexico reste une ville immense, et il faut faire preuve de méthode. Un réseau d'indicateurs se compose de gens très divers, mais ils ont tous en commun de vendre des renseignements indifféremment de qui les achète : la police, bien sûr, mais aussi des détectives et parfois même des truands. Tout le monde fait appel à eux. Deux qualités sont nécessaires pour devenir un bon indic : le sens de l'observation et la discrétion. Willie est apprécié de ses informateurs parce qu'il les paie bien et les sollicite régulièrement. C'est pourquoi nous le retrouvons à Mexico en train de glisser deux billets de 20 dollars dans la paume de Pablito, un chauffeur de taxi. Il a entendu parler de plusieurs Yankees qui viennent de s'installer dans le quartier de Coyoacán.

Dans une ville qu'on ne connaît pas, on explore d'abord sa rue, puis la rue adjacente et, petit à petit, comme un pionnier précautionneux, on s'éloigne plus loin en quête de nouvelles découvertes. Il est ainsi plus facile de retrouver quelqu'un au début de sa cavale, il aura tendance à revenir dans les mêmes endroits, restaurants, bars, magasins. Dans le quartier de Coyoacán, il y a beaucoup de petites buvettes à ciel ouvert sur les trottoirs, très prisées des touristes. Les tenanciers y voient passer du monde, c'est un magnifique poste d'observation. Willie fit le tour des popotes jusqu'à ce que le cuisinier de *La Caserola*, un bouiboui qu'il faut à tout prix éviter si l'on visite Mexico, lui décrivît un Américain qui pourrait bien être Stephen Brenner. Willie apprit ainsi qu'il était déjà venu plusieurs fois dans un restaurant de quartier appelé *El Chivito*, il y avait de grandes chances qu'il y revînt. Le chasseur de primes ne s'était pas trompé, Stephen revint au restaurant et, quelques jours plus tard, fit la connaissance de sa professeure d'espagnol aux longues jambes. Et cela nous ramène à la « théorie des six poignées de main » : Elena est également une amie de Willie.

Alegra et Augusto ne déménageront pas, hors de question ! Si des tueurs reviennent, on les accueillera de la même façon ! La police renonce à faire entendre raison au père de Willie et à sa femme. Leurs voisins dans l'immeuble, en revanche, les verraient bien s'en aller. Deux policiers vont rester en faction dans la rue pendant quelques jours. Pour rien, les tueurs ne reviendront pas.

Que s'est-il passé pour que, ce soir, un gardien laisse opportunément entrouverte la grille qui sépare le quartier de haute sécurité de Topo Chico et le quartier voisin ? On ne sait pas, mais il a dû toucher un beau billet. En pleine nuit, deux prisonniers armés chacun de lames se glissent dans le noir. Dans le couloir qu'ils empruntent à pas feutrés, on entend les gémissements des prisonniers qui prennent du plaisir, seuls ou à plusieurs. Toutes les cellules sont fermées à double tour, toutes sauf une, celle au bout de la coursive, celle de Pepe. Privilège du patron, on ne la ferme jamais, même la nuit. Les deux visiteurs poussent la porte avec précaution. Le parrain dort sur le côté, Irenio est près de lui, nu, sur le dos, il a les yeux grands ouverts. Il voit deux ombres pénétrer dans la cellule et se retourne vers le mur, il préfère ne rien voir. Ils sont maintenant près de la couche de Pepe, celui-ci se réveille et écarquille les yeux. Lorsqu'il comprend, il a déjà les deux genoux du premier sur le torse pendant que le second lui tranche profondément la gorge. Ça n'a pas duré plus d'une seconde. Pepe voudrait retenir le flot de sang avec ses mains, mais elles sont immobilisées par le poids du premier assassin. Irenio se blottit contre le mur, le sang épais de son maître inonde lentement la couche. On lui a promis la vie sauve s'il laissait assassiner son protecteur sans broncher, il prie en silence pour que les tueurs tiennent parole. Quelques soubresauts plus tard, Pepe est mort. Le tueur retire son genou et avant de sortir, flatte la croupe d'Irenio comme on félicite un bon toutou. Le calme est revenu. Irenio attendra jusqu'au matin avec le cadavre à ses côtés, les gardiens découvriront le corps de Pepe dans une mare de sang, une lame de rasoir à proximité, on conclura à un suicide. Il en va ainsi du tyran, plus son pouvoir est grand, plus il semble fragile. Le matin, il est immortel et le soir, on jette son cadavre aux chiens. L'expédition punitive ratée chez Augusto n'a peut-être pas été du goût des concurrents de Pepe, qui n'attendaient que ça pour s'en débarrasser. Qui peut savoir ce qui a bien pu se passer ? C'est désormais à un nouveau maître que les prisonniers de Topo Chico devront se soumettre. Qu'arrivera-t-il à Irenio ? D'abord valet, puis traître, son avenir est incertain.

15.
Elena

Gary traverse une période de dépression. Il déambule de longues heures dans les rues, au hasard, il n'a plus goût à rien. Une jeune fille s'approche de lui, il reconnaît Cynthia. Elle est encore plus belle, magistrale, une reine, pense Gary. Il ne connaît pas cette phrase de Julien Green qu'il approuverait : « La beauté a naturellement un air de triomphe. »

— Bonjour. Vous me reconnaissez ? Je suis Cynthia, j'ai fait un stage chez vous.

— Bien sûr que je te reconnais. Comment vas-tu ?

Et la conversation s'engage. Cynthia reparle de Jim. À quel point il était gentil et compréhensif pendant la période de stage, « sans lui, je ne sais pas ce que j'aurais fait ».

Gary aussi le regrette, quelle tragédie, n'est-ce pas ?

— Les gens peuvent être méchants parfois, vous ne croyez pas ?

— Si, répond Gary. Certaines personnes sont capables des pires choses. On ne doute pas à quel point.

La vision du corps de Jim secoué par ses coups de pied ressurgit instantanément.

— Il me parlait souvent de vous.

— Ah bon ?

— Il m'a dit que vous étiez fâché.

— Oui, on avait quelques différends, c'est normal. Mais c'était mon ami.

— Il m'a dit que vous lui aviez volé quelque chose.

Gary prend un temps avant de répondre :

— Je ne lui ai rien volé du tout !

— Je voulais le dire à la police, mais mon père m'a demandé de ne pas le faire.

— Pourquoi ?

— Parce que vous avez toujours été si gentil avec lui. Il m'a dit de ne pas me mêler de ce qui ne nous regarde pas.

— Tu aurais pu le dire à la police, je n'ai rien à cacher.

Cynthia fixe Gary qui sent un trouble monter.

— Et toi ? Qu'est-ce que tu deviens ?

— On me propose de faire du mannequinat.

— C'est une bonne idée.

— Mais je préférerais faire du cinéma.

— L'un n'empêche pas l'autre.

— Je prends des cours de comédie.

— Ah oui ?

Gary veut mettre fin à cette conversation.

— Vous en connaissez des gens vous, dans le cinéma ?

— Non ! Non, non, je ne connais personne.

— Ah bon ? Cynthia sourit gentiment.

Elle est au courant pour le site, Jim lui a tout raconté. C'était bien le genre à se confier à une gamine. Gary doit mettre fin à la conversation.

— Bon ben, peut-être à un de ces jours, Cynthia. Bon courage.

— Oui, merci. Au revoir.

Il la regarde s'éloigner et pense que la beauté de Cynthia n'a d'égale que la monstruosité de ce type qui l'a persécuté, le pauvre Charlie, les deux faces d'une même pièce, ils sont comme sortis d'un rêve ou d'un cauchemar.

De retour à la maison, il trouve une épaisse enveloppe en kraft, ce sont les notes de frais de Willie Sanchez. Tout est consigné et pas une seule facture ne manque. Le méticuleux détective fait bien les choses. Restaurants, tickets de bus, locations de voiture, billets d'avion, pourboires, et pour les bakchichs distribués à ses indics, il détaille : 40 $, Pablito, chauffeur de taxi à Mexico.

20 $, Ricardo, cuisinier à *La Caserola*, Mexico., etc.

Un montant attire l'attention de Gary : « 5 000 $, Elena, en contact permanent avec monsieur Brenner. »

Une rapide addition lui apprend qu'il doit débourser exactement 7 625 dollars supplémentaires. Il décroche son téléphone et appelle le chasseur de primes. Quelques milliers de kilomètres plus au sud, le portable de Willie vibre, il reconnaît le numéro de son correspondant et décide de ne pas répondre. « Il a dû recevoir l'enveloppe », se dit-il.

Willie est avec Elena, chez elle, un joli appartement décoré avec goût, accueillant, lumineux, comme le visage de la propriétaire.

— Tu lui as dit quoi pour ton mari à Brenner?

— Comme d'habitude, chauffeur de taxi, travaille la nuit et dort le jour. Mais j'ai dit qu'il était très jaloux, pour l'effrayer un peu.

— Il se fait appeler comment?

— Brad. Brad Smython. Il prétend avoir des origines anglaises. Tiens… une photocopie de ses faux papiers, son adresse et ses numéros de téléphone, fixe et portable. Il paie soit avec une carte de la HSBC Mexico, soit avec une carte Barclays. Sinon, du liquide.

— Bravo.

— Merci.

Elena est une informatrice hors catégorie. Jeune et jolie fille de la classe moyenne, elle s'est enfuie à l'âge de 20 ans avec un truand de son âge. Ils étaient beaux, ils s'aimaient et, tels des Bonnie and Clyde mexicains, échappaient à la police pendant un certain temps. L'amant a fini par être abattu, Elena arrêtée. Grâce aux relations de son père, les juges ont été cléments et la jeune fille a profité de ses années de prison pour reprendre ses études. Ses jambes, son éducation, son intelligence et son manque total de scrupule la désignent pour faire une indic précieuse. Capable de se fondre dans tous les milieux, elle renseigne tous ceux qui sont prêts à très bien la payer. Willie lui avait demandé de se rapprocher de Stephen, mission qu'elle réalisa avec tout le succès que l'on sait.

Willie a toujours été très attiré par elle, comme bon nombre d'hommes, mais n'a jamais osé faire le moindre geste. Elena n'est pas du tout attirée par lui, mais continue de nourrir une ambiguïté.

— Tu as couché avec lui?

— Ben évidemment, qu'est-ce que tu crois? C'est nettement plus pratique pour fouiller dans ses affaires. Et puis c'était pas désagréable.

Elena sourit et ajoute:

— Tu me dois de l'argent.
— Oui, je vais te payer.

Gary rappelle Willie qui, cette fois, décroche. Ils auront une longue conversation au téléphone, Willie va rassurer son client en lui apprenant qu'il a retrouvé Stephen. Le plan pour le faire revenir aux *USA* va fonctionner, tout est prêt, le piège est en place, Gary doit faire le virement au plus vite, les coordonnées bancaires sont dans l'enveloppe.

Quelques jours plus tard, Stephen (alias Brad) et Elena ont rendez-vous ce soir dans les *Jardines de Coyoacán*, un des parcs du quartier. Stephen attend, Elena est en retard. Il est d'une humeur étrange, peut-être s'agit-il de cette sorte de mélancolie douce dont sont parfois atteints les amoureux, une neurasthénie enivrante provoquée par trop de félicité. Elena est un ange tombé du ciel, il en est convaincu, belle, distinguée, forte, il peut faire sa vie avec une femme comme elle, peut-être même des enfants. On est loin de Josy et de ses accoutrements de cartomancienne.

Stephen ne remarque pas le petit homme moustachu qui se rapproche de lui, il s'inquiète du retard d'Elena. Elle est peut-être retenue par son mari, le chauffeur de taxi. C'est un détail que Stephen dans ses rêveries amoureuses a tendance à négliger : le mari. Jaloux en plus. Et Josy, sa femme, qui réclame 20 millions. Mais l'amour et l'argent peuvent venir à bout de tous les obstacles.

L'homme moustachu s'avance avec détermination. Stephen l'interroge du regard, son espagnol est encore rudimentaire, il lance un « Si ? Qué pasa ? »

Willie lui répond dans un anglais parfait :

— Bonjour, Monsieur, je suis Senior Flasser, je travaille comme détective privé pour le compte du cabinet Broadman. Le cabinet qui gère les avoirs de votre mère, madame Brenner.

— Que me voulez-vous ?

— Vous êtes monsieur Stephen Brenner, n'est-ce pas ?

Stephen jette un coup d'œil alentour.

— Non. Vous faites erreur. Je m'appelle Brad Smython.

— Je suis au regret de vous annoncer que votre mère, Ava Brenner est décédée. Ses avoirs seront saisis par la justice américaine. Je vous demanderais de signer ce papier pour signifier que vous avez pris connaissance de ces faits. C'est une formalité légale indispensable, sinon la justice américaine…

Stephen saisit brutalement Willie par le collet, dont la chemise sort maintenant du pantalon. Il lâche le papier qu'il tenait à la main. Willie a un colt dans la poche de sa veste. Au cas où.

— Puisque je te dis que je m'appelle Brad Smython !

— Lâchez-moi, monsieur Brenner. Je vous conseille de me lâcher tout de suite.

Stephen le libère.

Willie ramasse le papier que le vent tentait d'emporter, il remet soigneusement sa chemise dans son pantalon et réajuste sa veste en silence avant de reprendre :

— Je ne suis pas là pour vous arrêter, je suis là pour faire signer ce papier. Si vous refusez de le signer, je serai dans l'obligation de…

— Elle est morte quand ?

Willie regarde le papier :

— La date exacte est le… 8 novembre 2001 à 12 h 43.

— Je vais pas signer ton papier. Tire-toi.

Willie regarde son interlocuteur bien droit dans les yeux et pense : « Je vais être tellement content de te mettre la main dessus. »

Et il ajoute avec un sourire affable :

— Comme vous voulez, monsieur Brenner. Bonne soirée.

Puis il s'éloigne.

16.
L'océan

— Allô ? La Lakewood Nursing Home ?
— Oui ? Que puis-je faire pour vous ?
— J'appelle au sujet de madame Brenner.
— Ah oui, ne quittez pas, je vous passe la responsable.
Un temps.
— Allô ? Oui j'écoute ?
— Bonjour, j'appelle au sujet de madame Ava Brenner. On m'a dit qu'elle est décédée.
— Qui est à l'appareil ?
— Son fils. Stephen Brenner.
— Oui, en effet, je suis désolée. Elle est décédée le 8 nov…
— Elle avait des affaires, j'aimerais les récupérer.
— Je ne peux rien vous dire au téléphone, Monsieur. Vous devez venir sur place.
— Je ne vais pas pouvoir venir sur place.
— Alors dans ce cas, je suis désolée. Si personne ne réclame les affaires d'un défunt dans l'année de son décès, nous les remettons aux autorités. Il n'y a vraiment aucun…

Stephen raccroche au nez d'Eugenia.

Le piège est en place.

Stephen ne résistera pas au désir d'aller récupérer les bijoux de sa mère. Il prendra un avion jusqu'à Tijuana ou passera par la ville de Sonoyta, poste-frontière plus discret. Puis, il louera une voiture pour se rendre à la maison de retraite. C'est risqué, mais le jeu en vaut la chandelle. Et puis à la seule idée que Josy puisse mettre la main sur le magot… elle serait bien capable de se faire ouvrir le coffre. Stephen prend congé d'Elena, il lui promet un cadeau à son retour. Elle lui souhaite bon courage, l'assure qu'elle est impatiente de le retrouver, « *mi preocupo por ti... mucho* », sont ses dernières paroles, accompagnées d'un regard profond plein de promesses et d'avenir.

Quand Stephen a tourné le coin de la rue, elle prévient Willie.

À la Lakewood Nursing Home, c'est le matin, une infirmière entre dans une chambre et dit : « Bonjour, madame Brenner, vous avez bien dormi ? » Madame Brenner reste immobile et silencieuse, mais bien vivante, comme tous les matins depuis maintenant pas mal d'années.

Les chasseurs de primes ont besoin d'un mandat pour arrêter un fugitif dont la tête est mise à prix, mais ils sont dans l'obligation de le remettre sur-le-champ à la police. Ils peuvent faire usage de leur arme, dans le cadre légal et à condition d'avoir les permis idoines. Big Ben a insisté pour venir aider Willie dans cette opération toujours délicate qu'est une arrestation, on ne sait jamais, les choses peuvent mal tourner, surtout avec un client comme Stephen.

La Lakewood Nursing Home est à l'angle de deux rues, ils ont loué une camionnette (150 dollars par semaine, la facture a été mise dans une nouvelle enveloppe) sur les côtés de laquelle ils ont collé le sigle d'une société de livraison de linge : Lakewood Laundry (25 dollars pour le sigle aimanté). Le véhicule est garé le long du trottoir en face de l'entrée principale. À l'arrière de la camionnette, les deux compères ont posé un matelas qui leur permettra de se reposer à tour de rôle. L'attente risque d'être longue avant l'arrivée de Stephen, sans doute quelques jours. Pour les sanitaires, Eugenia leur a donné la clef d'une porte de service qui offre l'accès à des toilettes et à un lavabo. Ils sont maintenant prêts à intervenir. Willie est un méticuleux, il a pris une valise avec des affaires pour une semaine, Big Ben pour trois jours. Willie aurait préféré s'occuper seul de cette affaire, mais Brenner connaît son visage et une arrestation est toujours un moment délicat, le fugitif sera nerveux, sur ses gardes, ce genre de situation se complique vite. Willie redoute la promiscuité avec Big Ben, ce dernier prend cette parenthèse loin de Josy comme des vacances. Ils se relaieront toutes les deux heures. La maison ouvre à 7 h 30, et la dernière visite est à 18 h 30.

Josy a préparé des repas pour les deux détectives, des boîtes en plastique dans lesquelles elle a mis des plats cuisinés.

Les deux hommes sont seuls, embarrassés de se retrouver l'un avec l'autre dans l'intimité. De loin, on dirait un duo comique, un très grand glabre et un tout petit moustachu. Ils sont assis à l'avant et surveillent la route, à chaque voiture, ils se redressent. Après un long silence uniquement meublé par leur respiration, Big Ben dit :

— Ça va être euh… euh…

— Long, répond Willie.

Puis s'ensuit une longue plage d'une heure de silence. Régulièrement, Willie vérifie que son arme est en place dans la poche intérieure de sa veste. Le repas est toujours propice à la conversation. Big Ben se lance :

— Tu crois que Dieu est mort ?

— Hein ?

— C'est Nietzsche qui dit ça, que Dieu est mort.

— Mais non, c'est des conneries tout ça.

— Ouais, c'est ce que je pense aussi. Josy pense que c'est vrai. Mais bon, elle est très à gauche aussi…

Les deux hommes se taisent à nouveau, les bruits de mastication remplacent les propos philosophiques. Willie se dit qu'il devrait relancer la conversation :

— Je savais pas que ta femme s'intéressait à la philosophie.

— Ouais, elle adore, répond Big Ben.

Willie se dit que l'attente risque en effet d'être bien longue.

Profitons de ce temps mort pour aller voir ce qu'il advint de Louanda.

Après avoir renoncé à faire chanter Gary, elle mit un terme à sa carrière sur les boulevards et remisa ses tenues extravagantes pour s'habiller comme un garçon. (Il serait dès lors plus juste d'utiliser le pronom « il », mais il est probable qu'elle préférerait le « elle », et nous ne voudrions pas la contrarier.) Après plusieurs années de dur labeur, Louanda avait mis de l'argent de côté pour s'acheter deux studios sur Franklin Avenue, au nord du quartier d'Hollywood. Elle n'avait eu aucune difficulté à trouver d'anciennes collègues de boulevard pour louer les lieux afin de recevoir des clients. Tout ce beau monde était de confiance, elle les connaissait et en cas de problème, pouvait intervenir sur-le-champ, elle logeait non loin de là. Sa nouvelle vie de rentière la fit réfléchir. Elle sentit l'urgence « de rendre tout ce que la vie lui avait donné », pour reprendre son expression, car elle se considérait comme chanceuse et se félicitait tous les jours de vivre dans un pays où chacun pouvait accomplir le rêve américain. (Louanda était une patriote. Elle n'aurait osé l'avouer à personne, mais elle avait toujours voté Républicains.) Elle s'engagea donc dans une association caritative pour venir en aide aux personnes âgées du quartier. Rendre visite, apporter les soins, tenir compagnie, Louanda fit don de sa personne, mais d'une autre façon cette fois, avec une abnégation admirable. Elle rencontra cependant un problème inattendu, parmi les hommes, certains d'entre eux étaient d'anciens clients réguliers, et tous sollicitèrent la charité de leur visiteuse afin qu'elle accomplît les prestations dont ils avaient gardé un bon souvenir. Louanda, qui avait définitivement tourné la page, refusa, mais fut néanmoins flattée. Au bout de quelques semaines, les demandes étaient si pressantes qu'elle dut abandonner son sacerdoce et trouver une autre mission. Elle se tourna vers les enfants défavorisés. Derrière l'expression « enfants défavorisés », il faut entendre, enfants sans père, déscolarisés, délinquants mineurs, enfants avec des parents drogués ou alcooliques et toutes sortes de misères épouvantables et insolubles. Louanda, une fois de plus, tenta de faire de son mieux et s'impliqua corps et âme pour venir en aide aux plus démunis. On l'a dit, elle s'habillait en homme avec une sobriété qui ne lui était pas coutumière, mais ne se méfia pas de la nature qui toujours revenait au galop. Le temps passant, sans même y faire attention, elle se faisait les ongles, les recouvrant d'un vernis carmin ou beige, prenant soin de toujours choisir une teinte discrète. Pour rehausser sa mine du matin, elle relevait sa complexion avec un léger nuage de blush sur les pommettes et un discret trait de noir sous les yeux. Le résultat ne se fit pas attendre, Louanda put constater que « les jeunes défavorisés » n'étaient pas tous d'une tolérance exemplaire avec ce qu'il était convenu d'appeler aujourd'hui « les minorités sexuelles ». Les insultes les plus viles furent adressées à la généreuse bénévole qui, en réponse, balançait des tartes aux plus chétifs et menaçait les plus costauds avec un couteau de cuisine. C'est donc tout naturellement que les responsables de l'association caritative lui demandèrent d'abandonner définitivement son nouveau sacerdoce. Aux dernières nouvelles, elle s'est mise à la peinture et au dessin et cherche un petit pied-à-terre au bord de l'océan pour avoir le plaisir de s'endormir et se réveiller avec le bruit des vagues. Il ne se passe pas un jour sans qu'elle ait une pensée pour ce pauvre Jim.

17.
L'arrestation

Voici comment les choses se sont passées :

Stephen hésita avant de passer la frontière. Pendant plusieurs jours, dans un petit hôtel de Tijuana, il fut envahi par un mauvais pressentiment. Jamais il ne douta que sa mère n'était pas morte, mais Josy ou même Katz n'en profiteraient-ils pas pour essayer de le faire arrêter ? Matt, son conseiller juridique, lui avait bien rappelé de ne jamais revenir aux *USA*. Sous aucun prétexte. Stephen téléphona plusieurs fois par jour à Elena pour lui dire qu'il l'aimait, elle l'encouragea à se dépêcher, elle avait tellement hâte de le revoir. Devant tant de tendresse, Stephen se laissa aller à des déclarations, il ne concevait pas l'avenir sans elle, « des décisions difficiles, sans doute, mais indispensables, devront être prises afin d'envisager notre futur en commun », lui dit-il. Elena lui assura qu'elle était dans les mêmes dispositions d'esprit, elle allait réfléchir pendant son absence, cet éloignement forcé ne tombait peut-être pas si mal. Stephen, ragaillardi par ces paroles sincères, quitta son hôtel et passa la frontière en début d'après-midi sans être contrôlé. Encore deux, trois heures de route et il arriverait à la *Nursing Home* d'Ava, soit vers dix-sept heures.

Dans la camionnette, une nouvelle journée s'écoule, voilà une semaine que les deux acolytes cohabitent et ils n'en peuvent plus. Surtout Willie. Il ne contrôle plus ses agacements, Big Ben les redoute.

Stephen roule au pas devant l'entrée de la maison de retraite. Il voit quelques voitures garées, une camionnette de livraison de linge, des visiteurs qui entrent et sortent. A priori, rien à signaler. Il gare sa voiture une centaine de mètres plus loin. Il attend. Il observe. À 17 h 30, soit une heure avant la fermeture, il passera sans prévenir pour récupérer son dû.

Ava Brenner dîne à cette heure-ci. Ce soir, c'est Carlotta, une jeune aide-soignante au visage placide qui la fait manger, bouchée après bouchée, elle félicite Ava pour son solide appétit.

Dans la camionnette, le téléphone de Big Ben vibre. Willie lève les yeux au ciel. C'est Josy. Encore ! Elle appelle plusieurs fois par jour, ce qui ajoute à l'irritation du Mexicain.

— Allô ?… Oui, ça va. Non, toujours rien. Pour la millième fois, la même réponse. (Voilà ce qu'il doit endurer quatre ou cinq fois dans la journée, parfois même la nuit.)

— Demain, s'il n'est pas venu, tu peux rentrer chez toi. Josy a l'air de s'impatienter. Je peux me débrouiller tout seul, dit Willie.

— Non, je veux rester jusqu'au bout.

— C'est pas la peine, vraiment.

— Si je laisse tomber, qu'est-ce que je vais dire à Josy ? Elle va pas comprendre que j'abandonne.

— Ah oui, Josy, bien sûr.

— Non, crois-moi, c'est pas… c'est pas…

— Grave ?

— Non.

— Possible ?

— Voilà, c'est pas possible.

— C'est pas possible, d'accord.

Stephen est sorti de sa voiture. Il va parcourir à pied la distance qui le sépare de l'entrée principale. Il rattrape un groupe de jeunes gens et se mêle à eux. Ils le regardent surpris et amusé.

— Salut… Comment ça va ?

— Ça va ? Vous cherchez quelque chose ?

De la camionnette, il est impossible de voir le fugitif. Ils ne sont plus qu'à quelques mètres de l'entrée.

— Non, rien du tout, bonne soirée.

Et Stephen se glisse à l'intérieur. Il passe sous un porche, traverse une petite cour, monte quelques marches, pousse une porte et trouve une secrétaire.

Dans la camionnette, Willie et Big Ben se demandent ce qu'ils vont dîner, ils constatent que leurs réserves commencent à descendre dangereusement.

— Bonjour ? Est-ce qu'Eugenia est là ?

— À quel sujet ?

— Ma mère, Ava Brenner est décédée, je suis son fils, je viens récupérer ses affaires.

— Un instant, je vous prie.

Elle se lève et compulse des fichiers. Revient devant son ordinateur.

— Madame Ava Brenner, vous dites ?

— C'est ça. Je suis son fils. Eugenia m'attend.

La voilà dans ses fichiers à nouveau. Une autre secrétaire passe, les deux femmes échangent quelques mots à voix basse. Elles jettent des coups d'œil à Stephen. La deuxième secrétaire s'approche de lui :

— Bonjour, Monsieur. Vous désirez voir madame Ava Brenner, c'est ça ?

— Non. Elle est morte. J'ai été prévenu et je viens récupérer les affaires qu'elle a laissées au coffre. Voici mes papiers d'identité.

— Mais… Je ne vois nulle part que madame Brenner est décédée. Elle est dans la chambre 223. Mais là, elle doit être en train de dîner dans la salle à manger, si vous voulez la voir. Voulez-vous que j'aille vérifier ?

Un coup à l'estomac. Une bouffée de sueur.

— Je veux bien.

Il regarde autour de lui. Ce petit moustachu de merde lui a tendu un piège. Il est tout seul, la femme de l'accueil s'est éloignée. Il faut agir vite. Stephen s'engouffre dans un couloir.

— Bon, je vais aux toilettes, dit Willie qui prend la clef de la porte de service, sort de la camionnette, traverse la rue et pénètre dans l'établissement par une petite porte grillagée située à une quinzaine de mètres de l'entrée principale.

Stephen est dans un couloir, des chambres à droite et à gauche. Il entend le son des différentes chaînes de télé, l'une chasse la précédente au fil de sa progression. Une impression de cauchemar. Par une porte entrouverte, il aperçoit un pensionnaire, la tête rejetée en arrière, les yeux clos et la bouche grande ouverte devant un poste de télé hurlant. Au fond du couloir, une porte. Il la pousse. Encore un couloir.

Willie traverse une cour protégée par un auvent sous lequel sont stockés en vrac des vieux fauteuils roulants, des pieds à perfusion, des chaises et des tables entassées l'une sur l'autre. Un capharnaüm sinistre. Il ouvre une porte en bois, ce sont des toilettes vétustes et encrassées. Un lavabo sur le côté leur a permis de se laver. Willie entre, il ne referme pas la porte, l'ampoule au plafond est morte, il a besoin d'un minimum de lumière. Il descend sa braguette.

Stephen tombe sur une infirmière :

— Vous désirez, Monsieur ?

— Rien. Merci. Ça ira.

Et il presse le pas.

Ava est prête à regagner sa chambre. Elle se lève, soutenue par l'aide-soignante, « Allez, madame Brenner. On va aller se coucher ».

Stephen court presque dans les couloirs à la recherche d'une sortie de secours. Il tombe sur la salle à manger. Il reconnaît sa mère, si frêle, si diminuée. Accrochée à son déambulateur, elle progresse lentement sous le regard attentif de l'aide-soignante. Elle lève son regard mort et regarde son fils un instant. Stephen lui fait un petit sourire et repart aussitôt pour tenter d'échapper au piège.

Enfin une issue, une porte en acier à deux battants, il l'ouvre en poussant une barre transversale. Il sort. Le voilà dans une petite cour dont une partie est encombrée par du matériel médical et du mobilier hors d'usage. Willie sort à l'instant des toilettes. Ils sont face à face, à quelques mètres de distance.

Dans la camionnette, Big Ben joue au « pendu » sur son téléphone. Ce jeu dans lequel il faut retrouver un mot en proposant des lettres. Josy pense que c'est bon pour lui. Il n'omet pas de regarder régulièrement l'entrée de la *Nursing Home* pour voir qui entre et qui sort.

Stephen reconnaît instantanément Willie. Un petit moustachu comme ça, on ne peut pas le louper. Ils sont tellement surpris de tomber l'un sur l'autre qu'ils ne savent pas quoi dire. Stephen est le plus rapide, il se précipite vers la porte grillagée que Willie n'a pas refermée. Le chasseur de primes l'attrape par la taille pour le déséquilibrer. Les deux hommes tombent sur le matériel en vrac. Le crochet d'un pied à perfusion ouvre le bras de Willie qui ne ressent aucune douleur. Il ne lâche pas Stephen qui se débat, donne des coups de coude et de tête, Willie ne lâche pas sa proie. De son bras ouvert s'échappe un flot de sang.

Big Ben a perdu. Il s'agissait du mot «Abattre». Il n'a pas pensé à proposer la lettre «T».

Stephen frappe sur le bras profondément entaillé de Willie. Il hurle de douleur et lâche prise. Le fugitif se précipite, passe la grille et se retrouve dans la rue. Willie se lance à sa poursuite.

Big Ben recommence une partie. C'est un mot de huit lettres. Il propose un «A». Il y a bien un «A» comme quatrième lettre. Il espérait qu'il y en aurait plus. Il lève le regard et voit les deux hommes courir sur le trottoir. Stephen prend de l'avance, Willie perd son sang, il faiblit. Big Ben sort de la camionnette, prend en chasse Stephen, c'est étonnant de voir à quel point il court vite même avec sa canne. Il le rattrape et lui balance sa canne dans les jambes avant de se jeter sur lui. Lorsque le fugitif reçoit les 110 kilos du détective sur le dos, il s'effondre. Big Ben lui enserre le cou avec son bras, le traîne jusqu'à une voiture et commence à lui taper la tête contre la carrosserie. Quand Willie les rejoint, Stephen est presque inconscient, on le traîne jusqu'à la camionnette pour lui menotter les mains derrière le dos et appeler la police.

18.
2005

Stephen Brenner attend son procès seul dans une cellule, il ne pense qu'à une seule chose : Elena. Son avocat a dû la contacter, elle viendra sans doute lui rendre visite, l'amour rend définitivement idiot, Stephen n'a toujours pas fait le lien. L'avocat commis d'office est un jeune homme, Ben, juif observant et passionné. Il porte une kippa en toutes circonstances et va à la synagogue autant qu'il le doit, et même un peu plus. Son regard fiévreux et attentif inquiète Stephen qui aurait préféré quelqu'un d'un peu plus rond. Qu'est-ce qu'un juif rigoureux peut bien penser de sex.com ? À leur première rencontre, Ben avait informé Stephen qu'il pouvait réclamer des repas casher, « inutile », avait répondu Stephen. En revanche, il ne serait pas contre un peu de lecture, histoire de passer le temps. À sa visite suivante, Ben avait apporté deux livres : *Le judaïsme dans la vie quotidienne* de Gugenheim et Kaplan ; et *Histoire des Juifs de Silésie*, en deux tomes, d'Irvin Pozner. Stephen les avait feuilletés avec ennui, il avait espéré des magazines ou des revues, il choisirait des livres à la bibliothèque. Aujourd'hui, Ben a rendez-vous avec son client pour lui annoncer qu'Elena est une indic, qu'elle a piégé Stephen pour le compte du chasseur de primes, Willie Sanchez. Stephen écoute sans broncher, il revoit les merveilleuses jambes de cette garce, et son cœur amoureux se serre.

Le juge désigné s'appelle Mike Moretti. Sa tête est étonnamment plate, l'espace entre ses yeux et sa bouche charnue semble juste suffisant pour y poser un nez. Monsieur le Juge est passablement déprimé à la veille du procès, il vient de perdre sa mère, *mama* italienne bruyante dont il ne cessait de se plaindre, et qui aujourd'hui lui manque atrocement. C'est un magistrat sérieux, il avait demandé à se faire remplacer de peur de ne pas être en possession de tous ses moyens tant le chagrin l'accablait, mais ce fut impossible.

Désespéré, mais scrupuleux, il se plongea dans le dossier.

La justice a récupéré une partie des avoirs de Stephen, une petite partie, nous sommes loin des 65 millions de dollars. Lorsque l'on demande à Stephen où il a mis l'argent, il nie tout simplement en avoir. Personne ne le croit, pas même son avocat.

Le procès débute.

L'accusation de faux et usage de faux ne fait aucun doute. Josy témoigne pour accabler Stephen, un mari infidèle et violent qui, prétend-elle, lui a extorqué de l'argent. Quant à Willie Sanchez, dont le bras tailladé a été parfaitement recousu dans une clinique privée aux frais de Gary, il raconte le piège qu'il a tendu à Stephen et l'arrestation mouvementée.

À l'étonnement de tous, Stephen jure qu'il avait bien compris qu'il s'agissait d'un piège.

— Alors pourquoi y êtes-vous allé ? demande logiquement le juge Moretti.

Habilement conseillé par son avocat, Stephen fait un sourire triste, laisse un temps pour tenter de contenir le flot d'émotions qui le submerge, puis regarde le juge :

— Je ne sais pas si vous allez me comprendre, Monsieur le Juge, je ne suis peut-être pas le plus honnête des hommes, j'en conviens, mais jamais je n'oserais utiliser un stratagème aussi bas. Comment peut-on faire croire à un fils que sa mère est morte ? Toujours est-il que j'ai eu envie de la revoir, peut-être une dernière fois. C'est une vieille dame, malade. J'ai pris le risque. J'ai perdu, j'en paie les conséquences. Mais j'ai pu revoir maman juste un instant, dans cette salle à manger et je ne regrette rien.

Inutile de préciser l'effet que cette déclaration eut sur Monsieur le Juge Moretti.

Stephen Brenner retourne en prison pour quelques mois avant d'être libéré en décembre 2006, le juge compréhensif ayant considéré qu'il avait prouvé sa bonne volonté en payant une partie de la somme due.

Assigné à résidence avec interdiction de quitter les États-Unis, Stephen Brenner va s'enfuir quelques mois après sa libération.

Personne ne sait où il se trouve, ni comment il a réussi à dissimuler autant de millions.

Aujourd'hui encore, il n'a pas payé l'intégralité de sa dette.

Loin de là.

19.
Épilogue

Gary Katz est aujourd'hui un «géant de la Tech». Outre sex.com, ses investissements se sont avérés fructueux, il paie les meilleures universités à ses enfants et donne une généreuse pension à Janet, dont les ardeurs ne semblent pas avoir diminué.

Il a gardé une haine indéfectible pour son rival qui lui doit encore dans les 100 millions de dollars avec les intérêts.

Après la fuite de Stephen Brenner, Gary sombra dans une dépression profonde. En revenant d'une de ses séances de psychothérapie, il fit la connaissance de Felicity Campbel, une institutrice d'école primaire en dépression chronique, elle aussi. Ils se sont rencontrés par hasard dans un supermarché. Felicity venait d'arrêter son traitement, et Gary la retrouva en pleurs devant le rayon frais du supermarché Kmart, un jour de novembre. Il lui demanda gentiment s'il pouvait lui venir en aide, elle répondit, entre deux sanglots: «Je suis perdue, je n'arrive pas à trouver les yaourts que je cherche. Il y a beaucoup trop de références.» Gary considéra cette crise de larmes comme tout à fait légitime, il avait quelques semaines auparavant vécu une expérience similaire devant le rayon charcuterie. Son sens de la solidarité et le long corps de Felicity le poussèrent à s'enquérir de savoir quel article était tant désiré: des yaourts brassés natures zéro pour cent. Après de longues minutes, il finit par trouver quelque chose d'approchant: des fromages blancs zéro pour cent, il les proposa à Felicity qui redoubla de sanglots. Ils allèrent boire un café, sympathisèrent, vous imaginez la suite.

Felicity est une longue tige toute fine, obsédée par son poids, elle évoque à Gary un fil de canne à pêche. Elle a quitté son travail, au grand soulagement de ses élèves, et travaille à l'écriture d'un livre qui a pour vocation «d'aider les gens dans son cas». Aujourd'hui, elle suit un traitement au lithium et semble avoir trouvé le parfait dosage. Ils vivent dans une magnifique villa, au bord de l'océan, où ils aiment à se promener, le spectacle de cette immensité provoque chez Felicity une sorte de mélancolie bavarde qui fait la joie de Gary.

Josy tira un trait sur son divorce et la fortune qui devait l'accompagner, ses petites économies et la pension de Big Ben ont suffi à leur bonheur, ils se sont installés à Miami dans une villa modeste où ils ont pu vieillir ensemble quelques années jusqu'à la mort du gratte-ciel. Josy l'a retrouvé un après-midi, calé dans son fauteuil, sous le halo aveuglant d'une lampe à pied. Il s'est éteint en lisant le journal. Tranquillement.

Elle avait songé un temps engager un tueur à gages pour éliminer Stephen, contrairement à ce qu'on pourrait croire, les tarifs sont très raisonnables. Big Ben lui avait fait jurer de ne pas mettre son projet à exécution, elle avait promis. Depuis la mort de son mari, l'idée fait de nouveau son chemin.

Ava Brenner s'éteignit elle aussi sans bruit, sur son banc, au milieu de la végétation du jardin de la Lakewood Nursing Home. On se rendit compte à cette occasion que les bijoux étaient des faux.

Willie Sanchez reprit son activité avec plus ou moins de bonheur. Son grand projet était de se marier et de faire des enfants. Aux dernières nouvelles, il aurait trouvé l'âme sœur, une jeune Péruvienne qu'il aurait déjà présentée à son père. Alegra la juge trop vulgaire.

Et enfin, signalons que Gary Katz durant le procès s'était engagé à orienter le site sex.com vers des informations médicales et sociologiques, une rapide visite sur le site nous prouve qu'il n'a pas encore tenu sa promesse.

FIN

TABLE DES MATIÈRES

Achevé d'imprimer en mai 2025 par Corlet - 14110 Condé-en-Normandie
Dépôt légal : mai 2025 - N° d'imprimeur : 25050289 - Imprimé en France